柳林中的風聲

The Wind in the Willows

肯尼斯・格雷姆 KENNETH GRAHAME 著　　郭庭瑄 譯

目錄

1 河畔

一整個早上，鼴鼠都在忙著春季大掃除，努力地把他的小屋整理乾淨。他先用掃把掃一掃，再拿撣子撣一撣，然後又抓著刷子、提著一桶白漆，一會兒爬梯子，一會兒踩樓梯，一會兒搬椅子墊腳，東刷西刷地忙個不停，直到灰塵刺痛了眼睛、嗆住了喉嚨，全身上下的黑毛都濺滿了點點白漆；他累得腰痠背痛，手也抬不動了。就在這個時候，和煦的春天帶著美妙神聖、充滿渴望的靈魂拂過空中、竄進土壤，穿透了深埋在地底的陰暗小屋，輕柔地包圍著他。這也難怪鼴鼠會突然把刷子扔到地板上大聲喊道：「煩死了！討厭的春季大掃除！」而且連大衣都還來不及穿，就像閃電般飛也似的衝出家門了。地面上有某種東西正急切地呼喚他，於是他快步奔向狹窄又陡峭的地道。這條地道一路通往上方那條鋪滿碎石礫的車道，而車道則屬於那些住在比較靠近陽光和藍天的動物們所有。鼴鼠在地道裡拚命挖了又刨、刨了又抓，抓了又刨、刨了又挖，他一邊忙碌地揮舞小爪子，一邊喃喃自語地說：「我要上去！我要上去！」終於，啵！他的鼻尖透出地面、鑽進了陽光，隨後便躺在溫暖又柔軟的大草原上打起滾來。

「好舒服喔！」鼴鼠自言自語地說。「這比粉刷房子好玩多了！」燦爛的陽光曬得他身上的毛皮發燙，柔和的微風輕拂著他暖暖的額頭。他在地洞裡蟄居得太久，聽覺變得非常遲鈍，就連鳥兒開心的歌唱聲聽起來幾乎都像是大吼一樣。空氣中瀰漫著生活的喜悅與春天的歡快，再加上少了麻煩的大掃除，讓鼴鼠樂得蹬起四隻腳跳了起來、快步跑過草原，一直跑到草原遠方那道樹籬前。

「站住！」守在樹籬缺口處的老兔子大喊。「這是私人道路，先付六便士過路費來！」他話才剛說完，立刻就被態度輕蔑、滿臉不耐煩的鼴鼠撞倒在地，摔個四腳朝天。鼴鼠一邊沿著樹籬小跑步往前飛奔，一邊取笑其他慌忙從洞口探出頭來偷看、想知道外面到底在吵什麼的兔子。「笨蛋！笨蛋！」他嘲弄地高聲叫嚷，那些兔子還沒想清楚該怎麼回嘴，他就一溜煙跑得不見蹤影了。兔子們開始彼此互相埋怨，「你眞笨耶！你爲什麼不告訴他——」「哼，那你爲什麼不跟他說——」「你可以提醒他說——」諸如此類吵個沒完，一如往常；不過當然啦，這些馬後炮也一如往常於事無補，說什麼都來不及了。

一切的一切都很美好，好到不像眞的。鼴鼠橫跨一片又一片的草原、穿過灌木林，沿著矮樹籬四處悠遊漫步。他發現到處都有啁啾的鳥兒銜枝築巢、美麗的花朵含苞待放、繁茂的樹葉熙熙攘攘——萬物都好快樂、好忙碌，不斷蓬勃生長。不知怎的，他完全感受不到自己的良心正一邊猛戳他、一邊不安地在他耳邊低語：「快去粉刷！」只覺得在這些繁忙的大自然市民中當個唯一的懶骨頭實在太愜意了。畢竟「讓自己好好休息」或許還算不上是假日最棒的樂趣，「看別人忙得團團轉」才是呢！

鼴鼠漫無目的地到處閒晃，走著走著，眼前出現了一條水流豐盈的大河。他在河邊猛然停下腳步，頓時覺得自己是全世界最幸福的傢伙。他這輩子從來沒有看過河耶！這隻光滑閃亮、蜿蜒婀娜、體型龐大的動物正一邊低聲輕笑，一邊往前追逐——它每抓住什麼，就咯咯地笑；每放開什麼，就哈哈大笑，然後轉過身來撲向新的玩伴。它們拚命掙扎、甩開了大河，轉眼間卻又被它緊緊攫住、攏在懷裡。河水波瀾蕩漾，閃著點點銀光，不停窸窸窣窣地轉著漩渦、吐著泡沫，嘰嘰喳喳地說個沒完。鼴鼠被眼前的畫面迷得神魂顛倒，彷彿著了魔似的。他就像個黏在很會說故事的大人身邊、對精采情節深深著迷的孩子一樣，沿著河邊小步奔跑；最後他跑累了，就在岸邊坐下來休息，但那條河仍喋喋不休地對他講個不停。大河說的是世界上最好聽的故事，也是發自大地內心深處的故事，最後這些故事都會潺潺地說進那永遠聽不夠的大海耳裡。

鼴鼠坐在草地上，遠眺著大河對岸時，有個正好落在水線上的黑洞吸引了他的目光。他不禁出神地想，要是有隻動物要求不高，而且喜歡小巧玲瓏、遠離塵囂、漲潮時又不會淹水的河畔居所，這個溫暖舒適的住處倒是滿不錯的。他靜靜凝望著那個黑洞，忽然覺得洞穴中央好像有個亮晶晶的小東西閃了一下，旋即消失，然後又閃了一下，忽隱忽現，好像小星星一樣。可是，那種地方不可能有星星呀，而且若要說是螢火蟲的話又太亮、太小了。鼴鼠看著看著，那個小小的光點竟然對他眨了一下，原來那是一隻眼睛；接著那隻眼睛周圍逐漸浮現出一張小臉，就好像用畫框嵌住一幅畫一樣。

一張棕色的小臉，臉頰上長著幾根小鬍鬚。

一張嚴肅的圓臉，眼裡閃爍著熠熠光芒，就是一開始吸引他注意的那種光芒。

一對靈巧的小耳朵，還有一身如絲般細滑豐厚的毛髮。

是河鼠！

這兩隻動物站直了身子，小心翼翼地上下打量著對方。

「嗨，鼴鼠！」河鼠打了聲招呼。

「嗨，河鼠！」鼴鼠說。

「你要過來嗎？」河鼠隨即問道。

「哎，說得倒容易呢。」鼴鼠沒好氣地回答。河流對他來說非常陌生，而且他也不熟悉河畔的生活和習慣。

河鼠沒說什麼，只是彎腰解開一條繩子、拉了幾下，然後輕巧地跳上一艘鼴鼠原先沒注意到的小船。這艘小船船身外面漆成藍色、裡面漆成白色，大小剛好容納得下兩隻動物；雖然鼴鼠還不太明白它的用途，但他的心立刻飛到了船上。

河鼠以輕快優雅的節奏盪起船槳、迅速划過河面，然後伸出一隻前爪扶著戰戰兢兢的鼴鼠上船。「扶好了！」河鼠說。「好，現在快點跨進來！」鼴鼠又驚又喜，他發現自己居然坐在船尾了。一艘眞正的船！

「今天眞是奇妙的一天！」鼴鼠說。此時河鼠把船撐離岸邊，再度划起雙槳。「你知道嗎？我這輩子從來沒坐過船耶。」

「什麼？」河鼠張開嘴巴大叫，簡直不敢相信自己的耳朵。「從來沒坐過——你從來沒——呃，我——那你平常都在做什麼啊？」

「坐船眞的有這麼棒嗎？」鼴鼠害羞地問道。其實當他往後斜靠在座位上仔細端詳著坐墊、船槳、槳架，以及所有有趣又迷人的設備，並感受到船身在底下輕輕搖盪的時候，他就已經打算相信這一點了。

「棒？不只是棒而已，這是世界上獨一無二、最美好的事。」河鼠俯身向前划著槳，一本正經地說。「相信我，小老弟，世界上再也沒有——絕對沒有——比單純坐船閒晃更有意思的事了。什麼也不做，就只是閒晃，」他像做夢似的繼續說，「坐在船上到處閒晃——閒晃——」

「河鼠，小心前面！」鼴鼠突然放聲大喊。

來不及了。小船猛烈地撞上河岸，正在做白日夢的快樂划槳手往後一仰、跌到船底，摔個四腳朝天。

「坐在船上——或是跟著船閒晃，」河鼠一邊開心地笑著，一邊從船底爬起來，繼續從容地發表他的看法。「無論是在船上或船外都無所謂。這就是它迷人的地方。好像什麼都無所謂了。不管你要去哪裡，或是不去哪裡；不管你順利抵達目的地，還是到了別的地方，又或是永遠哪裡都去不了，你永遠有事情可以忙，卻也永遠用不著特地做些什麼。做完了這件事，總還有別的事要做。你想做就做，不想做也沒關係。這樣吧！如果你今天早上真的沒什麼事要做，我提議，我們就這樣順著河流划下去，玩上一整天好不好？」

鼴鼠開心地來回擺盪小腳尖、舒展胸膛，心滿意足地嘆了一口氣，然後抱著滿滿的幸福感往後仰、沉進鬆軟的椅墊裡。「太棒了，我今天一定要好好地玩！」他說。「我們出發吧！」

「等等，再等一下下就好！」河鼠連忙說道。他將纜繩穿進碼頭上的繫船環、打了個結，接著往上爬進他住的洞裡。過沒多久，他就頂著一個用柳條編織而成、裝得胖鼓鼓的野餐籃，搖搖晃晃地走出來。

「把籃子塞到你腳下去。」河鼠一邊把野餐籃搬到船上，一邊對鼴鼠說。然後他解開纜繩，再度拿起船槳。

「籃子裡有什麼呀？」鼴鼠好奇地扭扭身子。

「有冷雞肉，」河鼠簡單地回答，接著一口氣說：「冷牛舌冷火腿冷牛肉酸黃瓜沙拉法國麵包捲芹菜三明治罐頭燉肉薑汁啤酒檸檬汁蘇打水——」

「噢，好了好了，別說了，」鼴鼠興奮地大聲嚷嚷，「太多了啦！」

「你真的覺得太多了嗎？」河鼠一臉認真地問道。「這些不過是我平常遠足帶的分量罷了，其他動物還常說我是小氣鬼、太精打細算，帶的食物只剛好夠吃而已呢！」

鼴鼠完全沒聽見河鼠說的話。他正深深沉浸在這種嶄新的生活裡，粼粼的波光、點點的漣漪、春天的香氣、自然的聲響，以及和煦的陽光，全都令他陶醉不已。他把一隻爪子伸進水中，享受無盡的白日夢。個性善良的河鼠穩穩地划著船槳，努力克制自己不要去打擾他。

「我好喜歡你這身衣服喔，老弟。」過了差不多半小時，河鼠才開口說話。「哪天我有了錢，也要買件黑絲絨西裝來穿穿。」

「不好意思，你說什麼？」鼴鼠好不容易才從幻想中清醒過來。「你一定覺得我很沒禮貌……可是這一切對我來說眞的太新奇了，原來——這——就是——一條河！」

「是『這』條河。」河鼠糾正他。

「所以你眞的住在這條河邊嘍？好愜意的生活喔！」

「不只是住在河邊，而是和河一起生活，在河上、也在河裡。」河鼠說。「對我來說，這條河就是我的兄弟姊妹、姑姑、阿姨和同伴，也是我的飲食來源與天然的盥洗室。除了它之外，別的我都不要。它就是我的全世界。河裡沒有的東西，就不值得擁有；河水不了解的事物，就不值得探究。噢！我們一起度過了多少美妙的時光啊！無論冬天或夏天、春天或秋天，河流總是充滿許多樂趣，令人興奮無比。二月河水氾濫的時候，那些沒有用的水溢滿了我的地窖和地下室，濁黃色的河從我舒服的臥室窗外滾滾流過；等到水退了，就會留下一灘灘爛泥，散發出水果乾蛋糕的味道，燈心草和水草也會堵住河渠，我可以踩在上頭悠閒地沿著河床散步、不必擔心弄濕鞋子，而且還能找到新鮮的食物吃，或是發現那些粗心的人從船上掉下來的東西喔！」

「可是有時候會不會有點無聊啊？」鼴鼠鼓起勇氣問道。「就只有你跟河而已，沒有別人可以聊天耶？」

「沒有別人可以——喔，這也不能怪你，」河鼠耐著性子說，「你是新來的，當然不太了解狀況。總之現在河畔非常擁擠，所以很多人只好搬走了。唉，如今的光景和從前大不相同嘍。水獺、翠鳥、小鷿鷈、黑水雞，他們整天繞著你轉，拜託你做這個、做那個，好像你自己沒別的事好做一樣！」

「那邊有什麼啊？」鼴鼠揮揮爪子，指著河流對岸那片黑幽幽、蔓延在草澤後方的森林。

「那個呀？喔，那就是野森林，」河鼠簡短地說，「我們這些住在河畔的居民很少到那裡去。」

「他們——那些住在森林裡的居民，他們人不好嗎？」鼴鼠有點不安地問。

「嗯……」河鼠說，「我想想看。松鼠還可以，兔子嘛——有些兔子不太好，不過兔子本來就有好有壞。啊，對了，還有老獾，他就住在野森林正中央，就算你付錢要他去住別的地方，他也絕對不會答應。親愛的老獾！沒有人會去惹他。最好別惹他。」他意味深長地補上一句。

「為什麼？有誰會去惹他嗎？」鼴鼠問道。

「嗯，當然有啊，有……有些其他的動物，」河鼠吞吞吐吐，不知道該不該說。「像是黃鼠狼……白鼬……狐狸……還有很多很多。他們某種程度上來說並不壞——我和他們相處得還不錯，遇到的時候會一起玩、打發時間什麼的，但他們有時確實會鬧事，這點無可否認，還有——呃，你沒辦法完全信任他們，這也是事實。」

鼴鼠很清楚，一直談論未來可能遇上的麻煩事，哪怕只是間接提到，都大大違反了動物界的禮儀規範，於是他立刻轉移話題。

「那遠在野森林另一邊的又是什麼呢？」他問。「就是那個藍藍、朦朦朧朧的地方，看起來可能是山丘、也可能不是山丘，有點像城鎮裡的炊煙，或其實只是飄蕩的浮雲而已？」

「野森林另一邊就是大世界。」河鼠說。「那個地方對你我來說都不重要。我從來沒去過那裡，也不打算去那裡；你要是腦子還算清醒，也千萬別到那裡去。以後請別再提這個地方了。好啦！終於到我們的靜水灣了，我們就在這裡吃午餐吧！」

他們離開主河道，划進一個乍看之下像是被陸地環抱的小湖。翠綠的草坡鋪落在兩側，像蛇一樣蜿蜒的褐色樹根在寂靜的水面下透著淡淡微光；前方是一排高高隆起、底下泡沫翻騰的銀色攔河堰，和攔河堰相連的則是一座不斷滴水的水車，支撐水車轉動的是一間有著灰色山牆的磨坊。水車不停轉著，發出既單調沉悶、卻又撫慰人心的細微聲響，而磨坊裡更不時傳來小小的、清脆愉快的談話聲。「哇！哇！哇！」這場感官饗宴實在太美了，鼴鼠忍不住倒抽了一口氣，舉起兩隻前爪激動大喊。

河鼠把船划到岸邊、緊緊繫好，然後協助仍笨手笨腳的鼴鼠安全上岸，將野餐籃抛到地上。鼴鼠懇求河鼠讓他負責布置野餐；河鼠欣然答應，隨後便舒展筋骨、張開四肢，懶洋洋地躺在草地上休息。鼴鼠好興奮，他抖開餐桌布鋪在地上，一樣一樣地拿出籃子裡的神祕包裝，井井有條地擺好；每次看到令人大開眼界的新奇佳餚時，他就會倒抽一口氣、驚訝地大叫：「哇！哇！」等到布置好之後，河鼠便一聲令下：「現在好好大吃一頓吧，老弟！」鼴鼠樂得恭敬不如從命，因爲他一大早就開始春季大掃除，忙到連吃飯喝茶的時間都沒有，而且後來又經歷了那麼多事，他早就餓壞了，感覺好像好幾天沒吃東西似的。

「你在看什麼啊？」等到他們塡飽肚子後，河鼠注意到鼴鼠的視線稍稍離開了餐桌布，轉向別的地方。

「我在看泡泡，」鼴鼠回答，「有一長串泡泡在水面上移動，我覺得很好玩。」

「泡泡？啊哈！」河鼠開心地吱吱叫了幾聲，彷彿像在對誰發出邀請一樣。

水岸邊浮出一個閃著濕潤光芒的寬鼻子。水獺鑽出水面，抖掉外套上的水珠。

「貪吃鬼！」他朝滿地的食物走過去。「你怎麼沒邀請我呢，河鼠？」

「這次野餐是臨時起意啦，」河鼠連忙解釋。「對了，介紹一下——這是我的朋友，鼴鼠先生。」

「很榮幸認識你。」水獺說。這兩隻動物立刻變成了好朋友。

「到處都鬧哄哄的！」他繼續說道。「今天好像全世界的人都跑到河邊來了。我來這裡原本是想圖個片刻清靜，沒想到又遇上你們兩個！至少——啊，對不起，你知道我不是那個意思。」

這時，他們背後的矮樹籬裡傳來一陣窸窸窣窣的聲音。去年的落葉還掛在樹籬上，形成一道厚厚的綠牆；密密麻麻的枝椏後方有張帶著條紋的臉及高高聳立的肩膀，正向外窺探著他們。

「過來呀，老獾！」河鼠大喊。

老獾往前走了一、兩小步，「哼！還有其他人在。」他咕噥了幾句，接著轉身離開，消失在矮樹籬裡。

「唉，他就是這個樣子！」河鼠失望地說。「他最討厭社交生活了！這下子今天別想再見到他了。哎，對了，還有誰到河邊來呀？」

「還有像是蟾蜍啊，」水獺說，「開著他那艘全新的賽艇、穿著全新的衣服，什麼都是全新的！」

河鼠和水獺對望了一眼，哈哈大笑起來。

「有陣子蟾蜍一心只愛玩帆船，」河鼠說，「後來玩膩了，就改划平底船。那時他對其他事都不感興趣，整天就只知道划船，每天都划，惹了不少麻煩。去年他又換了一艘可以當房子住的船屋，非要大家全都去看看不可，於是我們只好去陪他，還得裝出一副很喜歡的樣子。他原本還打算在船屋上住一輩子呢！反正不管他迷上什麼，結果總是一樣，很快就膩了，然後又開始迷上新的玩意兒。」

「他人倒是不錯，」水獺若有所思地說，「但就是沒定性——尤其是跟船有關的事。」

靜水灣裡躺著一座小島，隔離出灣內、灣外兩個世界，而從他們坐的地方望過去，剛好可以瞥見小島另一邊的大河主流。就在這時，一艘賽艇如閃電般飛快竄入眼簾；那位船手體型矮壯結實，雖然划得水花四濺、身子左搖右晃，但他仍使勁地揮著槳。河鼠站起來向他打招呼，但蟾蜍（也就是那個船手）卻搖搖頭，繼續專心划他的船。

「要是他一直這樣晃來晃去，很快就會翻船的。」河鼠說著，又坐了下來。

「他絕對會翻船的啦！」水獺咯咯笑著。「哎，我有跟你說過那個蟾蜍和水閘管理員的故事嗎？很精采喔！故事是這樣的，蟾蜍他……」

一隻離家出走的蜉蝣懷抱著對未來生活的熱血憧憬，搖搖晃晃地逆著水流游過來。河面突然捲起一道漩渦，接著「咕嚕」一聲，蜉蝣就消失得無影無蹤，再也看不見了。

就連水獺也不見了。

鼴鼠趕緊低頭查看。水獺的聲音還在他耳邊縈繞，但他剛才趴過的那塊草地顯然已經空空如也了。從眼前一直到遙遠的水平線彼端，半隻水獺也沒有。

就在這個時候，河面上又泛起了一串泡泡。

河鼠開始哼起小曲。鼴鼠想起來，按照動物界的禮儀規範，要是你的朋友突然消失，不管有理由還是沒理由，你都不應該隨便發表任何形式的評論或意見。

「好啦，我們該走啦。我在想，我們兩個誰來收拾野餐籃比較好呢？」河鼠說。他的口氣聽起來好像不是很想做這件事。

「噢，拜託讓我來收！」鼴鼠說。既然他都這麼要求了，河鼠當然就讓他收嘍。

收拾野餐籃不像打開野餐籃那麼令人開心。這種事向來如此。不過鼴鼠天生就對一切很感興趣。他才剛把籃子蓋好、綁緊，就瞄到還有個盤子躺在草地上瞪他；當他把盤子收進去之後，河鼠又指出他漏掉了一根應該誰都看得到的叉子。好不容易到了最後，你看！還有那個一直被他坐在屁股下、但他卻完全沒感覺到的芥末罐——儘管一波三折，但他最後總算完成了這項任務，而且也沒特別不耐煩或亂發脾氣。

午後的太陽逐漸西沉，河鼠帶著做夢般的恬靜心情擺動雙槳，輕柔地往回家的方向划去，同時還一邊自言自語、低聲呢喃著詩句之類的東西，並不怎麼理會鼴鼠。鼴鼠肚子裡塞滿了美味的午餐，內心不僅沾沾自喜、更是自豪，而且他（自認為）在船上已經像在家裡一樣悠閒自如了，於是便有點坐不住。「河鼠！拜託讓我划，現在就讓我划！」鼴鼠突然蹦出一句。

河鼠微笑著搖搖頭。「還不行，我的小夥伴，」他說，「等你上完幾堂課再說吧。划船可不像看起來那麼簡單呢。」

鼴鼠安靜了一、兩分鐘，什麼話也沒說，但他心裡卻越來越嫉妒河鼠。看河鼠一路划呀划，動作既強而有力、又輕鬆寫意，鼴鼠的自尊心開始在他耳邊低聲細語，說他一定也能划得跟河鼠一樣好。他猛然跳起來，一把搶走船槳；這時河鼠正望著水面出神，嘴裡還喃喃唸著更多詩句似的話語，完全沒料到鼴鼠居然有這種反應。他往後一仰、跌坐在座位上，再度摔個四腳朝天；洋洋得意的鼴鼠立刻占領他的位置，信心滿滿地抓住船槳。

「住手，你這笨蛋！」河鼠在船底放聲大叫。「你不會划！你會害我們翻船的！」

鼴鼠動作誇張地把槳往後一揮，深深插進水裡。他完全沒有在水面上搖動雙槳，反倒狠狠摔了一跤、兩腿高高蹺起，壓在筋疲力竭的河鼠身上。他嚇得驚慌失措，連忙伸手抓住船緣，就在那一瞬間——嘩啦！

小船翻了過來，鼴鼠在河裡拚命掙扎。

噢，天啊，河水怎麼這麼冷啊！噢，感覺也太濕了吧！他一直往下沉、沉、沉，弄得耳朵嗡嗡作響。當他浮出水面又咳又嗆、哇哇亂叫的時候，太陽看起來是多麼明亮、多麼可愛呀！當他發覺自己再度下沉的時候，彷彿又陷入了深不見底的絕望。這時，有隻強壯的爪子緊緊攫住了他的後頸。是河鼠，而且很顯然地正在大笑，笑得非常開心——鼴鼠可以感覺到這一點，他的笑沿著手臂傳下來、經過爪子，滲進鼴鼠的脖子裡。

河鼠抓住一枝槳，塞到鼴鼠腋下，接著又把另一枝槳塞到他另一邊腋下；他自己則游在鼴鼠身後，努力將這隻可憐又無助的動物推到河邊、拖出水面，安頓在岸上，變成一團軟趴趴、濕答答又慘兮兮的爛泥。

河鼠稍微揉揉鼴鼠的身子、擰去衣服上的水，然後說：「現在，老弟！沿著曳船道使盡全力來回跑個幾趟，跑到你的身體變暖、衣服變乾爲止。我要潛到水面下找野餐籃。」

鼴鼠既沮喪又傷心，不僅外面渾身濕透，內心更是羞愧難當。他踩著小碎步來回奔跑，跑到身上差不多乾了才停下來。與此同時，河鼠再次縱身躍入水中，拉回小船，並把船翻正、繫牢，又將所有漂浮在河面上的雜物一一拿回岸邊；最後他潛到河底，成功找到了野餐籃，奮力將籃子拖回岸上。

終於，一切都安置妥當、準備再度啓航。鼴鼠垂頭喪氣、一跛一跛地走到船尾的位子上坐下；出發時，他情緒激動、斷斷續續地低聲說道：「河鼠，我寬容又仁慈的朋友！我實在是太愚蠢、太不知感恩了，眞的很對不起。一想到我差點把那個漂亮的野餐籃弄丟，我的心就變得好沉重。眞的，我就是個徹頭徹尾的混帳，這點我很清楚。你能不能原諒我，不把這件事放在心上，讓一切都跟以前一樣呢？」

「哎呀，放心，這沒什麼啦！」河鼠爽快地回答。「我是河鼠耶，弄濕一點算什麼？大多數日子裡，我待在水中的時間比在岸上還要長呢！你就別想那麼多了。這樣吧，我眞的覺得你最好來我家跟我住一段時間。你知道，雖然我家很簡陋，不像蟾蜍的房子那麼氣派，可是你還沒看過，所以我想邀請你來。我不但會想辦法讓你過得舒舒服服的，還會教你划船、游泳，你很快就能跟我們一樣在水上自由自在地生活了。」

河鼠這番親切又體貼的安慰，讓鼴鼠感動到說不出話來，只能用手背抹抹眼淚。善解人意的河鼠把目光移向別處，不去看他。過沒多久，鼴鼠又精神抖擻、重新振作起來了，甚至還有辦法在兩隻黑水雞竊竊私語、嘲笑他是落湯雞時直接回嘴譏諷他們呢。

回到家後，河鼠在客廳裡生起溫暖又明亮的火，要鼴鼠在火爐前的扶手椅上坐好，並拿了一件睡袍和一雙拖鞋給他，接著便開始跟他分享河流上發生的種種奇聞軼事，直到晚餐時間才停下來。對鼴鼠這種住在地底的動物來說，那些故事既驚險又有趣，非常引人入勝。河鼠講到了攔河堰、突如其來的大洪水、跳躍的梭子魚、亂扔硬邦邦瓶罐的汽船——至少可以確定那些瓶罐眞的是被扔出來的沒錯，而且是從汽船那邊掉下來的，因此可以推斷是汽船扔的——以及蒼鷺，他們說話時總是一副盛氣凌人的姿態；除此之外，河鼠還提到了下水道大探險、和水獺一起出去夜釣，或是跟老獾到遙遠的地方旅行等等。這頓晚餐可說是吃得最開心的一次了。飯後沒多久，睏得要命的鼴鼠不得不靠貼心的主人攙扶著上樓，走進全屋子裡最棒的臥室休息。他躺在枕頭上，心裡覺得好平靜、好滿足；他知道他的新朋友「大河」正不斷輕輕拍打著他的窗臺。

對剛從陰暗地底下解放出來的鼴鼠而言，這一天只是個小小的開始，前方還有更多相似的日子正等著他。隨著萬物生長成熟的盛夏逐漸來臨，白晝一天比一天長，日子也一天比一天更有趣。他學會了游泳、划船，嘗到了潺潺流水所帶來的快樂；有時他把耳朵貼在蘆葦稈上細聽，會聽見風兒在蘆葦叢中不斷低語，彷彿在說什麼悄悄話一樣。

2 大路

一個晴朗的夏日早晨，鼴鼠突然開口說：「河鼠，如果你願意的話，我想請你幫個忙。」

河鼠正坐在河畔唱歌。這首小曲子是他剛剛才編好的，所以他唱得非常投入，完全沒有心思去管鼴鼠或其他的事。這天一大早，他就跟他的鴨子朋友一起在河裡游泳。鴨子總是喜歡突然雙腳朝天、把頭埋到水裡；每當他們這麼做的時候，河鼠就會潛下去搔他們下巴下方（如果鴨子有下巴的話）的脖子。由於頭在水底下實在很難痛快地說出內心的感受，因此鴨子被逼得不得不趕緊鑽出水面、甩甩羽毛，氣急敗壞地對他大聲嚷嚷。最後他們拜託河鼠走開，要他自己去旁邊玩。河鼠沒辦法，只好摸摸鼻子離開，並坐在河畔的陽光下編了一首關於鴨子的歌，歌名叫做〈鴨鴨曲〉。

鴨鴨曲

靜水灣岸，
燈心草長，
鴨鴨來戲水，
尾巴翹天上。

鴨尾巴，鴨尾巴，
黃腳微微顫，
黃嘴不見了，
河裡忙得團團繞！

綠萍水草濃，
魚兒樂優游，
大自然的好糧倉，

幽暗豐盛又清爽。

各有所好！
我們喜歡，
頭朝下，尾朝上，
自在逍遙！

藍天高掛，
雨燕飛鳴，
我們河中戲水，
尾巴翹翹！

「河鼠，我實在聽不出來這首歌到底有多好。」鼴鼠小心翼翼地發表個人感想。他既不是詩人，也不太在意懂詩的人，而且個性也很率眞，所以總是有話直說。

「鴨子也不懂得欣賞我的歌，」河鼠開朗地表示，「他們說：『爲什麼不讓人家在高興的時候用自己喜歡的方式做自己喜歡的事呢？爲什麼別人老是要坐在岸邊盯著我們看、品頭論足，還要寫詩或編歌來講東講西的？完全沒道理嘛！』鴨子們就是這麼說的。」

「說得對，說得對。」鼴鼠非常誠懇地附和。

「才不對呢！」河鼠氣呼呼地大叫。

「好啦，不對、不對。」鼴鼠連忙安撫道。「不過我剛才想問你的是……你能不能帶我去拜訪一下蟾蜍先生？我聽說過好多有關他的事，我眞的很想認識他。」

「當然沒問題！」好心的河鼠立刻跳了起來，把寫詩的念頭拋諸腦後。「把船拖出來，我們馬上就划到他那裡去。你想什麼時候拜訪蟾蜍都可以。不論你多早去、多晚去，蟾蜍都很歡迎。他總是脾氣很好、很開心見到你；當你要離開的時候，他總是很難過、捨不得你走呢！」

「他一定是個很棒的好人。」鼴鼠一邊說，一邊跨上船、拿起船槳，河鼠也舒舒服服地在船尾坐下。

「他的確是個大好人沒錯，」河鼠回答，「他非常單純、非常善良，也非常有愛心。或許他並不怎麼聰明啦——但我們不可能人人都是天才嘛。他是有點愛吹牛、有點自大，不過他眞的有很多很了不起的地方，可以說是『很蟾蜍的特質』。」

他們在河上繞了個彎，一幢華美、莊嚴、古色古香的老紅磚房瞬間映入眼簾，屋子前方還有一片修剪齊整的草坪，一直延伸到河邊。

「那就是蟾蜍莊園，」河鼠說，「左邊那條小灣……就是有個告示牌寫著『私人產業，禁止登岸』那條，那裡會通到他的船屋，我們要在那邊上岸。右邊是馬廄，你現在看到的則是大宴會廳——非常古老喔。你知道，蟾蜍很有錢，這棟古宅確實是這一帶最好、最講究的房子，不過我們從來沒在蟾蜍面前承認過就是了。」

他們緩緩轉向小灣，划進大船屋的陰影下。鼴鼠把槳收起來，放進船艙裡。船屋裡有許多漂亮的船，有的掛在橫梁上、有的吊在船臺上，但沒有一艘放在水裡；整個地方看起來好像很久沒用過了，到處瀰漫著荒蕪的氣息。

河鼠環顧四周。「我知道了，」他說，「一定是划船又落伍，他膩了，對船失去興趣了。不知道他現在又迷上什麼新玩意兒？來吧，我們去找他。答案很快就會揭曉啦！」

他們下了船，漫步穿過綴滿了鮮豔花朵的草坪。才一眨眼的時間，河鼠和鼴鼠就找到蟾蜍了。他正坐在花園藤椅上休息，臉上露出全神貫注的表情，膝蓋上還攤著一張大地圖。

「哈囉！」蟾蜍一看到他們倆，立刻從椅子上跳了起來，放聲大喊。「太棒了！」他也不等河鼠介紹鼴鼠，就很熱情地跟他們握握手。「你們人眞好！」他圍著他們倆蹦蹦跳跳，滔滔不絕地繼續說道。「我正要派船到下游去接你呢，河鼠。我還特別吩咐他們，不管你在幹嘛，一定要馬上把你接來，我真的很需要你——應該說是你們兩位。好啦，你們現在想吃點什麼嗎？快，快進來吃點東西吧！你不知道有多巧，你們來得正是時候呢！」

「蟾蜍，先坐下來再說！」河鼠一屁股坐在舒適柔軟的扶手椅上，鼴鼠則在他旁邊另一張椅子上坐下，客套地說了些蟾蜍的房子很棒之類的話。

「我這棟房子可是整條河上最好的，」蟾蜍粗聲粗氣地說，「世界上再也找不到這麼棒的房子了。」他忍不住加上一句。

聽到這裡，河鼠用手肘頂了一下鼴鼠。不巧的是，蟾蜍看到了這個動作，一張小臉頓時漲得通紅，隨之而來的是一陣令人難受的沉默。過了不久，蟾蜍突然放聲大笑。「好啦，河鼠，」他說，「你知道我這個人就是這樣嘛！再說，這房子確實還不賴，對吧？你自己心裡明白，你也很喜歡這棟房子。現在，好啦，我們都是聰明人，你聽我說，我真的很需要你，你一定要幫我這個忙。這可是至關重要的大事呢！」

「我猜應該是有關划船的事吧，」河鼠故作天真地說，「雖然你划起槳來還是會濺起不少水花，但你已經進步得很快了。只要多用點耐心，再加上適當的指導，你就可以——」

「喔，呸！什麼船嘛！」蟾蜍一臉嫌惡地打斷河鼠的話。「那是小男孩的蠢玩意兒，我幾百年前就不玩了。根本就是在浪費時間。看到你們這些傢伙把所有精力全耗費在那種沒意義的事情上，我就覺得很難過，這點你們應該要比我更清楚才對啊！不，我不是說船，我已經發現了眞正有意義的事，唯一一件值得當成終身職業的事。我打算把這輩子剩下的時間都拿來做這件事。一想到過去的光陰全被我糟蹋、浪費在那些微不足道的無聊事上，我就覺得很後悔。親愛的河鼠，跟我來！還有你這位親切的朋友，如果不嫌棄的話也一起來吧！不遠，就在馬廄的院子那兒，到了那邊，你們就會看到我要你們看的東西了！」

他帶著他們往馬廄院子走去，河鼠一臉狐疑地跟在後面。只見馬廄旁的空地上停著一輛從馬車房裡拖出來的吉普賽篷車，嶄新的車身漆上如金絲雀般的淡黃色，上面還點綴著綠色紋飾，搭配鮮豔的大紅色車輪，顯得光彩奪目、閃閃動人。

「到啦！」蟾蜍叉開雙腿、挺著肚子大喊。「這輛小馬車所代表的人生，才是你們眞正的人生。無邊無際的大道、塵土飛揚的公路、灌木叢生的荒野、公用的綠野草坪、青翠的矮樹籬、高低起伏的丘陵、營地、村莊、小鎮、大城，只要有了這輛車，這些全都屬於你們！今天在這裡、明天在那裡，四處旅行、變換環境，天天有樂趣、天天有刺激！整個世界在你們眼前展開，地平線永遠變幻無常！還有，請注意，這輛車是同類型車款裡前所未有、最精美的一輛，絕無例外。快進來看看裡面的裝潢吧，全都是我自己親手設計的喔！」

鼴鼠興致勃勃、異常興奮，他迫不及待地跟著蟾蜍踩上梯子，走進篷車裡。河鼠只用鼻子哼了一聲，雙手深深插進口袋裡，站在原地動也不動。

車廂裡麻雀雖小、五臟俱全，確實布置得非常和諧舒適。幾張小小的上下鋪雙層床、一張靠著牆壁的小摺疊桌、一個做菜用的火爐、幾個置物櫃和書架、一個關著一隻小鳥的鳥籠，還有鍋碗瓢盆、水壺瓶罐等各種大小不同、款式多樣的東西。

「要什麼有什麼！」蟾蜍得意地打開其中一個櫃子說。「你看，餅乾、龍蝦罐頭、沙丁魚，什麼都有。蘇打水在這裡，菸草在那裡，還有信紙、培根、果醬、紙牌和骨牌，你會發現——」蟾蜍在他們走下梯子時繼續說道，「——等我們今天下午出發的時候，你會發現我們什麼都不缺。」

「不好意思，」河鼠嘴裡嚼著一根稻草，慢條斯理地說，「我好像聽到你說什麼『我們』、『出發』和『今天下午』這幾個詞是吧？」

「哎，我親愛的好河鼠！」蟾蜍可憐兮兮地哀求。「別用那種尖酸刻薄的口氣說話好嗎？你明知道你非來不可。沒有你，我根本就辦不到！拜託啦，這件事就這麼說定了，別跟我爭辯，我最受不了人家跟我爭辯。你該不會真的想永遠死守在岸邊的小洞裡，跟你的小船，和你那條既沉悶、又散發出臭霉味的老河過一輩子吧？我想帶你去見識見識這個世界！

飯的時候，蟾蜍自顧自地高談闊論。他不理河鼠，反倒把涉世未深的鼴鼠唬得一愣一愣的。他天生就是個能言善道的傢伙，腦子裡總是充滿了許多天馬行空的想像，他把這趟旅行的種種前景、野外生活的樂趣、以及沿途繽紛的山光水色描繪得天花亂墜，鼴鼠聽了都興奮到快要坐不住了。不知怎的，這三隻動物似乎很快就達成協議，確定了這趟篷車之旅。河鼠雖然還心存疑慮，但他溫和善良的性情終究還是壓倒了個人的反對意見。畢竟他這兩位朋友已經開始埋頭研究旅行計畫、做出各種設想，甚至還安排好了未來幾週內每天的消遣活動，他不忍心讓他們失望。

等他們大致準備好了之後，蟾蜍便意氣風發地帶著他的同伴到馴馬場，要他們去抓那匹老灰馬。老灰馬發現蟾蜍居然沒有事先跟他商量，就要他在這趟塵土飛揚的旅程中負責最骯髒、最會沾到灰塵的工作，心裡非常生氣、滿肚子牢騷，說什麼也不肯離開馬場，他們費了好大的勁才逮到他。趁河鼠和鼴鼠在抓老灰馬的時候，蟾蜍拚命往櫃子裡塞進更多必需品，又把好幾包飼料、好幾網袋的洋蔥、好幾捆乾草，以及好幾個籃子掛在馬車底盤。最後，河鼠和鼴鼠終於抓到老灰馬、套上馬具，接著便浩浩蕩蕩地出發了。這三隻動物有的坐在車轅上、有的拖著沉重的腳步跟在馬車旁邊走，各隨自己高興，大家你一言、我一語，嘰嘰喳喳地同時說話。那是一個陽光燦爛的下午。他們腳下踢起的塵土有種自然富饒的芬芳，聞起來令人心滿意足；道路兩側茂密的果園裡，傳來鳥兒向他們開心吹口哨、打招呼的聲音；徒步旅行的親切路人經過他們身旁時，都會對他們問聲好，或是停下腳步、說兩句好聽的話來讚美那輛漂亮的馬車；兔子們則坐在矮樹籬前的家門口，舉起前腳高聲驚嘆：「哇！哇！哇！」

夜幕逐漸低垂，他們已經走了好幾哩，離家很遠了。三個小傢伙又開心、又疲憊，於是便找了一個位置偏僻、遠離人煙的公用野地停下來休息。他們卸下馬具，讓老灰馬自由自在地吃草，自己則坐在馬車旁的草地上享用簡單的晚餐。蟾蜍滔滔不絕地說著他未來打算做些什麼。天上的星星越來越多、越來越大，親暱地圍繞在他們身邊；一輪黃澄澄的月亮不知從哪兒突然悄悄冒出來，安靜地陪著他們、聽他們談天。最後他們鑽進篷車，爬上小小的雙層床。蟾蜍伸長雙腿、帶著睡意迷迷糊糊地說：「好了，大家晚安！這才是紳士們該有的生活！別再談你那條老河啦！」

「我從來不談我的河，」河鼠耐著性子回答，「蟾蜍，你知道的，我從不把那條河掛在嘴邊。我只是放在心上而已。」他壓低聲音，語氣裡透出一絲哀傷，「我很想它，時時刻刻都在想它！」

鼴鼠從毛毯下伸出爪子，在黑暗中摸到了河鼠的爪子，溫柔地捏了一下。「河鼠，你想怎麼做，我就怎麼做。」他悄聲說道。「明天一大早，很早很早，我們就開溜，回到親愛的河畔老洞去，好嗎？」

「不行不行，我們得堅持到底。」河鼠輕聲回應。「謝謝你的好意，不過我得跟著蟾蜍直到這趟旅行結束才行，留他自己一個人太危險了。不會拖太久的，他做事情總是三分鐘熱度而已。快睡吧，晚安！」

這趟旅行果然很快就畫下句點，就連河鼠也沒料到居然會這麼快。

蟾蜍經歷了豐富的野外生活、亢奮了一整天後，晚上睡得非常熟，第二天早上無論怎麼搖他、推他，就是叫不醒。於是河鼠和鼴鼠悄悄分配好工作，毅然決然地把蟾蜍拋在一邊，自己先行動。河鼠負責照料老灰馬、生火，並清洗昨晚用過的杯子和碗盤，準備做早餐；鼴鼠則拖著疲憊的步伐走了好長一段路，到離他們最近的村子裡去買雞蛋、牛奶，以及蟾蜍忘了帶的各種生活必需品。等到他們倆辛辛苦苦地把這些繁重的工作做完，筋疲力盡地坐下來休息時，蟾蜍才精神奕奕、興高采烈地現身，說大家從現在起都能過著輕鬆愉快的日子，不用像在家時那樣忙得暈頭轉向、為家務事操心了。

這天他們悠閒地在鄉間漫步，越過一片片碧草如茵的丘陵、走過一條條狹窄細長的小徑，直到黃昏時分才找了一處公用的野地過夜休息，就像之前一樣；然而唯一不同的地方是河鼠和鼴鼠這兩位客人這次緊盯著蟾蜍，要他做好分內的工作、不准偷懶。結果隔天早上要出發的時候，蟾蜍就不再開心地說這種原始生活的單純有多好了，反倒一直想賴在床上不動，最後還是他們硬拖才把他從床上拖起來的。他們的旅程和昨天一樣，沿著狹隘的羊腸小徑穿越田野；到了下午，他們走上公路──這是他們出發以來遇到的第一條公路──一場意想不到的飛來橫禍就這樣如閃電般落在他們身上。這場意外對他們的旅行來說無非是個大災難，但對於蟾蜍往後的生涯卻產生了翻天覆地的影響。

當時他們正輕鬆地在公路上走著，鼴鼠跟老灰馬並肩而行，兩人正在說話，因為老灰馬一直在抱怨說這趟旅行根本沒他的分兒，他覺得被冷落了，大家一點都不關心他。蟾蜍和河鼠則跟在馬車後方邊走邊聊天──至少蟾蜍有在聊，河鼠只是時不時敷衍一句：「對，沒錯。你跟他說了什麼？」但其實心裡完全在想不相干的事。就在這時，他們聽見遙遠的後方傳來一陣隱隱約約、夾雜著警告的微弱隆隆聲，就好像一隻蜜蜂在遠方嗡嗡叫一樣。大家連忙轉頭，只見一團小小的煙塵中央有個黑壓壓、充滿活力的物體，正飛也似的朝他們衝過來，速度快到令人難以置信；同時這團煙塵還不斷發出細微的「叭！叭！」聲，彷彿一隻驚恐不安的動物正痛苦地哀號。他們並不太在意，又轉過身去繼續交談。然而就在這一刻（彷彿才一眨眼的工夫），眼前平靜安寧的景象徹底改變。一陣狂風、一聲怒吼，那個神祕物體猛撲上來，逼得他們不得不跳到附近的水溝裡；震耳欲聾的「叭叭」聲張牙舞爪地劃過天際，煙塵中閃爍晶亮的平板玻璃和奢華的摩洛哥羊皮椅在他們眼前一閃而過——原來是一輛富麗堂皇的汽車！這個龐然大物熱情洋溢、壯觀得令人屏息，彷彿有那麼一瞬間，整個世界都被它徹底占據。駕駛繃緊神經、專注地握著方向盤呼嘯而過，揚起一片鋪天蓋地的煙塵，將他們團團包圍、什麼也看不見，接著汽車逐漸跑遠，縮成一個細小的黑點，再度變回一隻嗡嗡叫的蜜蜂。

當時老灰馬一邊拖著沉重的腳步慢慢往前走，一邊夢想著他那恬靜舒適的馬場；現在突然碰上這種從未經歷過的情況，他只能聽從本能來採取行動。他猛然直立起後腿，俯身往前狂衝，接著又瘋狂倒退，不斷地把篷車往後推向路邊的深溝，無論鼴鼠怎麼使勁拉他，怎麼積極地鼓勵他、安撫他，全都無濟於事。篷車在深溝邊緣搖晃了一下——接著傳來一陣令人心碎的碰撞聲——這輛滿載著他們的驕傲和喜悅的淡黃色篷車，就這樣狼狽地橫躺在溝底，碎成一片片無法修復的殘骸。

河鼠站在公路上氣得直跳腳，情緒非常激動。「你們這些壞蛋！」他揮舞著雙拳大聲怒吼。「這些無賴！強盜！你們——你們——你們這些亂開車的白痴！我要告你們，把你們全都送上法院！我要你們吃不完兜著走！」河鼠想家的哀愁瞬間消失。這一刻，他化身成淡黃色大船的船長，而他的船被一群不擇手段、企圖奪權的魯莽水手逼上了淺灘；他試著把過去所有極盡尖酸刻薄、用來痛罵汽船老闆的字眼全都搬出來，因爲他們的汽船總是開得離岸太近，激起的水花常常淹到他家客廳，把地毯弄得濕答答的。

蟾蜍僵硬地坐在塵土瀰漫的路中央，兩條腿伸得直直的，目不轉睛地凝望著汽車開走的方向。他呼吸急促，臉上的表情卻非常平和而滿足，同時嘴裡還不時喃喃唸著：「叭——叭！」

鼴鼠忙著安撫老灰馬，他費了好大一番工夫，終於讓馬兒冷靜下來，隨後才去查看那輛橫躺在溝底的篷車。那畫面實在是慘不忍睹。鑲板和玻璃全都砸得粉碎，車軸彎到無可救藥，輪子掉了一個，沙丁魚罐頭灑了滿地都是，籠子裡的小鳥可憐兮兮地不斷啜泣，哭喊著要他們快點放他出來。

河鼠過去幫忙鼴鼠，但他們倆的力氣加起來還不夠，沒辦法把篷車扶正。「嘿，蟾蜍！」他們大喊。「來幫我們一下好不好！」

蟾蜍完全沒回應，坐在馬路上一動也不動，於是他們只好走過去看看到底發生了什麼事。他們發現蟾蜍好像失了魂一樣，臉上掛著一抹開心的笑容、雙眼直盯著汽車奔馳而過所留下來的滾滾煙塵，而且三不五時還會低聲咕噥一句：「叭——叭！」

「蟾蜍，你到底要不要來幫我們啊？」河鼠抓住他的肩膀猛搖，厲聲問道。

「多麼燦爛輝煌、激動人心的景象啊！」蟾蜍喃喃自語，完全也沒有要移動的意思。「那股動力就像詩一樣美！這才叫眞正的旅行！這才是唯一的旅行方式！今天在這裡——明天就在那裡，一個個村莊、一座座城鎮，瞬間從眼前飛馳而過，永遠都是新的視野！太幸福了！噢，叭——叭！天啊！天啊！」

「唉，別蠢了，蟾蜍！」鼴鼠無奈地大喊。

「想想看，我以前居然從來不知道！」蟾蜍以如夢似幻的單調語氣繼續說道。「我虛度了多少寶貴的時光，不但不知道，就連做夢也沒夢到過！可是現在——現在我知道了，我完全明白了！噢，從今以後展現在我面前的是多麼華麗美好的路呀！我要在馬路上不顧一切地極速狂飆，在身後揚起漫天飛舞的塵土！我要威風凜凜地呼嘯而過，把那些馬車——那些小得可憐的馬車、普通的馬車，還有淡黃色馬車全都推到水溝裡！」

「我們該拿他怎麼辦呢？」鼴鼠問河鼠。

「不怎麼辦，」河鼠斬釘截鐵地回答，「因爲事實上完全沒辦法。你要知道，我認識他很久，我太了解他了。他現在只是一時狂熱迷上新的玩意兒，有點走火入魔罷了。一開始他總是這副德性。從現在起，他會有好幾天都這樣瘋瘋癲癲的，就像隻在美夢裡夢遊的動物一樣，什麼事都做不了。沒關係，別管他了。我們還是去看看篷車有沒有救吧。」

他們仔細檢查了一遍，發現就算把篷車扶正，車子本身也無法再使用了；不僅車軸彎曲得一塌糊塗，就連那個脫落的輪子也摔成了碎片。

河鼠把韁繩繫在馬背上，一手牽著馬、一手提著鳥籠和裡面那隻歇斯底里的小鳥。「走吧！」他神情嚴肅地對鼴鼠說，口氣非常堅決。「到最近的小鎮還有五、六哩路。我們現在只能用腳走了，還是越早出發越好。」

「那蟾蜍怎麼辦？」鼴鼠在他們離開時不安地問道。「我們不能就這樣丟下他，讓他一個人傻乎乎地坐在路中間吧！這樣太危險了。萬一又有汽車衝過來怎麼辦？」

「哼，誰理他，」河鼠惡狠狠地說，「我跟他沒關係了！」

他們才往前走沒多久，就聽見後方傳來一陣啪嗒啪嗒的腳步聲。原來是蟾蜍追了上來。他氣喘吁吁，伸出兩隻爪子分別挽住他們的手臂，一雙眼睛仍睜得大大的、茫然地凝視著前方。

「蟾蜍，你聽好！」河鼠冷冷地說。「我們一到鎮上，你就馬上去警察局看看他們有沒有那輛汽車的資料，查清楚車主是誰，然後正式提出告訴。接著你再去找鐵匠鋪或修車鋪，想辦法把篷車拖出來修好。這需要花點時間，不過車子還沒壞到不能修的地步。同時，我和鼴鼠會去旅館找個最舒服的房間，我們就一直住到車子修好、等你精神恢復過來再走。」

「到警察局？提出告訴？」蟾蜍如夢囈般喃喃細語。「要我去告那輛令人如沐恩典、美得像天堂一樣的汽車！還要修篷車！自此之後，所有篷車或馬車都與我無緣了。我再也不要看到什麼篷車，連聽都不想聽。哎，河鼠！你願意和我一起參加這趟旅行，我真不知道該怎麼感謝你才好！沒有你，我就絕對不會出來，也就永遠不會看到——如天鵝般優雅、如陽光般耀眼、如閃電般飛快的汽車了！我可能永遠不會聽見那動人的聲響，也不會聞到那迷人的香氣了！這些全是託你的福，我最好的朋友！我欠你太多了！」

河鼠無奈地轉過頭來。「你看到了吧？」他越過蟾蜍的頭頂對鼴鼠說。「他真的沒救了。算了，我放棄。等等到了鎮上，我們就直接去火車站，運氣好的話或許還能趕上一班火車，今天晚上就能回到河畔。等著看吧，我以後還會跟這個氣死人的傢伙一起玩才怪！」他憤憤不平地用鼻子哼了幾聲。接下來這段疲憊又艱難的長途跋涉中，河鼠只跟鼴鼠一個人說話。

一到鎮上，他們立刻直奔火車站，並把蟾蜍留在二等車廂的候車室，花了兩便士請火車站的行李搬運員看好他，別讓他跑了；然後他們把老灰馬安置在旅館的馬廄裡，託給馬夫照顧，同時盡可能詳細說明有關篷車和車上有什麼東西等資訊。最後，一列慢車終於把他們送到了離蟾蜍莊園不遠的車站。他們把宛如夢遊般迷離恍惚的蟾蜍護送到家門口，吩咐管家弄點東西給他吃、換下身上的衣服，送他上床睡覺。接著他們走到船屋，把小船拖出來，順著河流划回河鼠的家。當他們在那舒服的河畔客廳坐下來，好好享用晚餐時，時間已經很晚了。河鼠直到這一刻才深深感受到心裡的喜悅和滿足。

第二天，鼴鼠睡到很晚才起床，悠哉悠哉地過了一天。傍晚時分，他正坐在河邊釣魚。這時河鼠來了。河鼠白天拚命串門子和朋友閒聊，隨後便一路蹓躂過來找鼴鼠。「聽到消息了嗎？」他說。「整條河岸上的居民都在談這件事。今天一大早，蟾蜍就搭第一班火車進城，而且他訂了一輛非常昂貴又豪華的大汽車。」

3 野森林

鼴鼠一直都很想認識老獾。根據他所聽到的各種消息來判斷，老獾似乎是個很重要的人物；雖然他很少露面，但居住在這一帶的動物全都能感受到他那股無形的影響力。然而每當鼴鼠一提到這個願望，河鼠就老是推三阻四、重複一樣的說詞：「沒問題，老獾總有一天會來的——他還滿常出門的——到時我一定會介紹你們認識。他是個很了不起的好人呢！不過你最好不要主動去找他，而是要等待適當的時機遇見他。」

「你能不能請他來吃個晚餐什麼的？」鼴鼠問。

「他不會來。」河鼠簡單地回答。「老獾討厭社交應酬，他不喜歡請客或聚餐之類的事。」

「那……我們去拜訪他怎麼樣？」鼴鼠提議道。

「喔，我敢肯定他百分之百、絕對不會喜歡的。」河鼠有點擔心，語帶驚慌地說。「他非常害羞，你這麼做一定會惹惱他的。雖然我跟他很熟，但是我從來不敢自己主動去他家拜訪。再說，其實我們也去不了，因爲他住在野森林的正中央。」

「呃，就算他住在那兒好了，那又怎麼樣呢？」鼴鼠說。「你不是說過野森林沒什麼嗎？」

「喔……對啦，對啦，是沒什麼。」河鼠言詞閃爍地回答。「不過我想現在還是先別去比較好，現在還不行。路途很遙遠，而且每年這個時節他也不在家裡。你有點耐心、靜靜等待，他總有一天會來的。」

鼴鼠只好耐著性子慢慢等，可是老獾始終沒來。日子一天天過去了，每天都有不一樣的樂趣。夏天已經結束很久了，冷冽的寒風、霜凍和泥濘讓他們不得不經常待在家裡；上漲的湍急河水從窗外奔流而過，彷彿在嘲笑他們不管怎樣都划不了船。這時鼴鼠才發覺自己又開始滿腦子想著那隻獨來獨往的灰獾，那隻住在野森林深處的洞穴裡、一個人孤零零過日子的灰獾。

每到冬季時分，河鼠總是特別貪睡，每天都早早上床，睡到很晚才起來。在白天醒著的那段短暫時間裡，他有時隨便寫寫詩、有時做點無關緊要的家務事。當然啦，有些動物還是會常常順道過來坐坐、聊聊天，因此他也和朋友談論了不少過往夏日時光裡發生的奇聞軼事，互相交換一下意見。

回想起來，夏季是多麼繽紛絢麗的一章！夏天的故事裡充滿了許多鮮豔飽和、多姿多彩的美妙插畫！燦爛豐饒的大自然如遊行隊伍般一路流轉，沿著河岸莊嚴地前進，展示出一幅接一幅、如詩如畫的壯麗風景。紫色的珍珠菜率先登場，它甩甩那頭豐盈的秀髮，讓髮絲垂落在如鏡子般光滑清澈的河水邊緣，映照在河面上的容顏正對自己綻出笑靨；緊接著，婀娜多姿、顏色宛如粉紅雲彩般的柳蘭也溫柔現身；紫色與白色的紫草手牽著手，悄悄鑽了上來，在遊行隊伍裡取得一席之地；最後，某天早晨，羞怯的野薔薇姍姍來遲，踩著輕盈的腳步嬌滴滴地走上舞臺。這一切彷彿弦樂從壯麗的和弦轉爲法國古代的加沃特舞曲，清楚地向世界宣告，六月終於來了。不過在這場盛大的演出當中，還有一個角色沒有到，大家都在等它。它是希臘神話中自然女神一心所愛、一心追求的牧羊人，是小姐們倚著窗口殷殷盼望的英勇騎士，也是那個能用親吻喚醒沉睡的夏天、使其重返生命與愛情的白馬王子。當身穿琥珀色無袖皮夾克、溫文瀟灑的繡線菊夾著撲鼻的芬芳，親切優雅地走進人群中就定位時，這場表演才眞正揭開序幕。

哇，那是多麼精采動人的演出啊！昏昏欲睡的動物們舒服地窩在自己的洞穴裡，一邊聽著風雨敲打門窗的聲音，一邊回想起那些在日出前一小時仍然凜冽的夏日清晨。那時白濛濛的薄霧還沒散去，依舊緊貼著水面，一轉眼，灰撲撲的天光轉為一片金黃，大地再度重生，染上燦爛繽紛的色彩。太陽出來了！剎那間，周遭瀰漫著早晨時分躍入水中的刺激、沿著河岸奔跑蹦跳的歡愉，土壤、空氣和水全都變得閃閃發光、明豔動人。他們還回想起炎熱的夏日正午，大家懶洋洋地躲在灌木叢中午睡，細細的金黃色陽光刺進濃密蒼翠的樹叢，灑下一個個晶亮的光點；想起了那些悠閒划船、洗澡的午後時光，沿著泥土小徑自在地散步，穿越黃澄澄的玉米田；還有那漫長又涼爽的黃昏時分，大家全都聚在一起享受友誼和陪伴，興奮地計畫著明天的冒險旅程。

冬天的白晝很短，動物們圍坐在溫暖的爐火旁邊，能聊的事情多得不得了，然而即便如此，鼴鼠還是有很多空閒時間可以做自己想做的事。某天下午，河鼠正坐在爐火前的扶手椅上，他一會兒打瞌睡、一會兒又試著做一些不成韻的短詩，於是鼴鼠便下定決心，要趁這個機會獨自探訪野森林，說不定還能遇上獾先生呢。

那是一個寒冷靜謐的下午。鼴鼠躡手躡腳地溜出溫暖的客廳，來到屋外。頭上的天空像鋼鐵一樣，透著冷冰冰的灰藍。整片原野光禿禿的，一片葉子也沒有；大自然似乎在夢中踢掉了身上的衣服，陷入一年一度的深沉酣睡。鼴鼠覺得自己從來沒有像現在這樣看得這麼遠、這麼透澈。在草木繁盛的夏天裡，矮樹林、小山谷、採石場及各種隱密的地方都是值得探險的神祕寶庫。現在它們可悲地暴露出自己的眞貌，所有祕密一覽無遺，似乎在懇求他暫時忽視如此破敗不堪的貧瘠，直到它們得以再度戴上濃豔豐饒的面具盡情狂歡，用以往那套老手法誘惑他、矇騙他爲止。從某方面來說，鼴鼠覺得眼前這片景象有點可憐，同時卻也令人愉悅、甚至是興奮。他很喜歡這片褪去一切華麗衣裳和妝容、不加修飾的嚴寒曠野。他能看見大地赤裸裸的樣子，深入探索那些暴露在外、質樸、美好又強壯的筋骨。他不想要暖暖的苜蓿，也不要正在落種萌芽、隨風搖曳的青草；山楂樹籬屏風、榆樹與山毛櫸織成的綠浪帷幔，全都離得越遠越好。鼴鼠開開心心地朝著野森林的方向前進。陰鬱的野森林就像是躲在平靜南海海面下的黑色暗礁，低低地橫亙在他眼前，散發出一股懾人的氣息。

剛踏進野森林的時候，並沒有發生什麼讓他驚慌害怕的事。雖然乾枯的樹枝在他腳下劈啪作響、倒在地上的樹幹常常絆倒他，樹墩上的蕈菇宛如漫畫裡誇張的鬼臉，乍看之下很像某種非常熟悉、但又非常遙遠的東西，時不時地嚇他一跳，但鼴鼠覺得這些全都很好玩、很刺激。這股興奮感引著他一步步進入幽暗的森林深處。他越往前走，光線也越來越暗淡；濃密的樹林和枝椏越壓越低、離他越來越近，道路兩旁的洞穴對他張著血盆大口，模樣醜惡地瞪著他。

這一刻，周遭的一切就像定格畫面般靜止不動、毫無聲息。昏黃的暮色從四面八方迅速聚攏、團團包圍著他。清澈的天光如退潮的洪水般一點一滴地消失了。

就在這時，森林裡開始浮現出許多臉孔。

起初他以爲自己看到了一張臉——一張邪惡的楔形小臉——正從洞裡向外窺視著他。那張臉就落在他肩膀上方，樣子模模糊糊的；等到他鼓起勇氣轉頭的時候，那張小臉卻不見了。

鼴鼠加快腳步，同時用愉快的口吻提醒自己千萬別胡思亂想，要不然一定會沒完沒了。他經過一個又一個洞穴，然後——沒錯！——不對！——沒錯！眞的有張窄窄的小臉帶著冷峻的眼神閃現在洞口，隨即消失得無影無蹤。他猶豫了一下，接著努力打起精神，邁開大步繼續往前走。突然，或近或遠的幾百個洞穴裡似乎都有張小臉一閃而過；他們全都以一種充滿惡意與憎恨的方式瞪著他，而且眼神非常銳利，散發出邪惡又冷酷的氣息。

鼴鼠心想，要是能遠離邊坡上這些洞穴，就不會再看到小臉了。於是他連忙拐個彎、離開小路，快步朝森林裡沒有人走過、杳無蹤跡的地方跑去。

四周開始出現了口哨聲。

鼴鼠一開始聽見口哨聲時，只覺得那些聲音很刺耳、很微弱，好像是從他身後非常遙遠的地方傳來的。不知怎的，這些聲音讓他有點慌，急著想趕快往前走。接著，他又聽見一陣非常微弱又刺耳的口哨聲，但這次好像是從遙遠的前方傳來的；鼴鼠躊躇了老半天，又想掉頭往回走。正當他停在原地猶豫不決時，口哨聲突然在他兩側響起，彷彿一聲接一聲地傳遞下去、穿透整座森林，直到最遙遠的盡頭。不管那些口哨聲是什麼，又或是什麼東西發出來的，看樣子他們已然甦醒、保持警覺，進入戒備狀態了！而他——他獨自一人，完全沒有武裝，也不可能找誰來幫忙。夜色漸深，黑暗逐漸降臨，悄悄籠罩了大地。

接著，開始出現了啪嗒聲。

那聲音非常纖細、非常輕柔，因此一開始他還以爲只是落葉聲而已。等到聲音越來越大、浮現出規律的節奏時，他才明白，原來這不是別的，而是小腳踩在地上所發出的啪嗒聲。那聲音感覺還很遠，可是到底是從前面、還是從後面傳過來的呢？乍聽起來，像是在前面；再聽一下，又像是在後面；多聽幾次，好像前後都有的樣子。鼴鼠焦慮地這邊聽聽、那邊聽聽，只覺得那聲音似乎越來越多、越來越響亮，而且正從四面八方不斷逼近，團團包圍著他。就在他站著不動、側耳細聽的時候，一隻兔子穿過樹林，拚命朝他跑來。他靜靜等待著，希望那隻兔子會放慢腳步，或突然轉彎跑向另一邊。可是兔子不但沒有改變方向，而且還幾乎是擦著他鼴鼠的身子衝過去的。他緊繃著臉，眼睛瞪得跟盤子一樣大。「滾開，你這笨蛋！快滾開！」兔子低聲咕噥著，快步繞過樹墩，接著便鑽進一個安全的地洞裡消失了。

「啪嗒、啪嗒」的腳步聲越來越大，到後來甚至就像一陣驟降的冰雹，打在他周圍那層厚厚的殘枝枯葉上。這一刻，彷彿整座森林都在奔跑，拚命狂奔、拚命追逐、拚命地趕上前去圍捕某樣東西，或是——某個人？鼴鼠嚇得驚慌失措，也開始跑了起來。他漫無目的，不知道該往哪兒跑，只是到處亂衝；一下子撞上了什麼東西，一下子不小心跌到什麼東西上、摔到什麼東西裡，一下子猛鑽到什麼東西底下，一下子又左閃右躲、繞過了什麼東西。最後他跑進了一棵老山毛櫸的樹洞裡。這個樹洞又黑又深，不僅可以當成躲藏的避難所，或許還能提供安全的保護也說不定——但世事難料，誰又知道呢？哎，管不了這麼多了，他累得筋疲力盡，再也跑不動了，只得蜷縮在被風吹進來的枯葉堆裡，希望能暫時遠離危險。他躺在樹洞中渾身顫抖、大口喘著氣，外面的口哨聲和啪嗒聲不斷竄進他耳裡。他靜靜聽著，終於恍然大悟；原來田野間和矮樹籬中那些小居民在這裡碰到的，讓他們經歷一生中最黑暗時刻的可怕東西——那個河鼠曾煞費苦心試著保護他、不讓他遇見的可怕東西——就是「野森林的恐怖」！

與此同時，全身暖洋洋的河鼠正舒服地坐在爐火旁打瞌睡。那張完成了一半的詩稿從他膝上滑落下來。他的頭向後仰，嘴巴張得開開的，正在夢中那碧草如茵的河畔徜徉。這時，爐子裡有塊煤炭掉了下來；爐火劈啪一聲，猛然噴出一道熊熊的火舌，把河鼠驚醒了。他想起自己剛才在做的事，連忙俯身撿起地板上那張詩稿，仔細地看了一下，接著抬起頭四處張望，尋找鼴鼠的蹤影，想問他知不知道有什麼適當的字可以拿來當韻腳之類的。

可是鼴鼠不在。

河鼠豎起耳朵聽了一會兒。屋子裡好安靜，一點聲音也沒有。「鼴鼠！」他放聲大叫，叫了好多次，可是完全沒有回應。他只好從椅子上站起來，走到門廳裡。

鼴鼠習慣用來掛帽子的衣帽架上空空如也。帽子不見了。那雙總是放在雨傘架旁邊的橡膠雨鞋也不見了。

河鼠走到屋外，仔細觀察滿是泥濘的地面，希望能找到鼴鼠的足跡。找到了，是鼴鼠的腳印沒錯。他那雙橡膠雨鞋是爲了過冬才買的，所以還很新，鞋底上用來防滑的突起花紋很清晰、沒有磨損。河鼠看到泥地上的印痕延伸出兩條直線、目標明確，直朝野森林的方向前進。

河鼠臉色非常凝重。他站在原地專心思考了一、兩分鐘，隨後便回到屋子裡繫上一條皮腰帶，在腰帶上插了兩把手槍，又拿起一根靠在門廳角落的粗壯短棍，接著便快步奔出家門，往野森林走去。

當他抵達環繞在野森林最外圍的樹叢時，天已經快黑了。他毫不猶豫地直接衝進森林，著急地東張西望，一心只想尋找朋友的蹤跡。樹林間到處都有邪惡的小臉從洞裡冒出來，但那些小臉一看到河鼠手裡那根惡狠狠的短棍、腰上別的手槍，以及他那英勇無畏的模樣，就立刻消失了。一開始踏進森林時清楚聽見的那些口哨聲和啪嗒聲，現在也逐漸消逝、慢慢停止，一切又歸於全然的寧靜。他勇往直前，果敢地穿過整片野森林，一直走到盡頭，然後又拋開所有小路、直接橫越樹林，仔細地來回搜索整座林區，同時不停用樂觀的語調高聲呼喊：「鼴鼠！鼴鼠！鼴鼠！你在哪裡？是我啊——我是河鼠！」

他很有耐心地在森林裡找了一個多鐘頭，終於聽到一聲非常微弱的回應。他好高興，連忙循著聲音的方向努力穿過越來越濃的黑暗，最後來到一棵老山毛櫸樹腳下。這棵山毛櫸上有個樹洞，洞裡傳來一個虛弱的聲音說：「河鼠！眞的是你嗎？」

河鼠爬進樹洞裡，發現鼴鼠筋疲力竭地躺在落葉堆上，身體仍不斷發抖。「噢，河鼠！」鼴鼠放聲大叫。「你簡直想不到，我眞的快嚇死了！」

「喔，我懂，我完全理解。」河鼠安慰他說。「鼴鼠，你眞的不應該自己偷偷跑來這裡。我之前已經極力勸阻過你了。我們河畔的動物幾乎不會自己單獨來野森林，如果要來，至少也要結伴同行才可以，一般來說這樣才不會出事。除此之外，來之前還得先知道好幾百件注意事項和訣竅，這些我們都很清楚，可是你還沒學過。像是口令、暗號、有特殊力量與作用的口訣，還有口袋裡隨身攜帶的裝備、需要反覆唸誦的詩句和經文，並時常練習閃躲之類的小技巧等等。一旦你學會了，就會發現這些其實並不難。而且個子小的動物更要知道這些事，否則就會遇上不少麻煩。當然啦，如果你是獾或水獺，那就另當別論了。」

「想必勇敢的蟾蜍先生一定不怕。他應該敢自己單獨來這裡吧，對不對？」鼴鼠問道。

「蟾蜍？」河鼠哈哈大笑，笑到整個人都快翻過去了。「他才不會自己單獨跑來這兒露臉呢！就算你給他滿滿一帽子金幣，他也不會來的。」

鼴鼠聽到河鼠爽朗的笑聲，又看見他手上的木棍和腰帶上閃閃發光的手槍，內心大受鼓舞。他開始覺得自己的膽子壯了一點、情緒慢慢平復，也不再發抖了。

「現在，」河鼠立刻接著說，「我們眞的得快點打起精神，趁天色還沒完全暗下來之前趕回家。你也知道，千萬不能在這裡過夜。一來是太冷了，二來……我想就不用多說了。」

「親愛的河鼠，」可憐的鼴鼠說，「非常抱歉，可是我眞的不行了。你得讓我在這裡多休息一會兒，等我恢復體力後才有辦法走回家。」

「噢，好吧。」心地善良的河鼠說。「休息一下也好。反正現在天也差不多全黑了，等等應該會有點月光才對。」

於是鼴鼠便鑽進枯葉堆裡，舒展四肢，很快就進入深沉的夢鄉，但受到驚嚇的他仍時不時就會醒來，睡得不太安穩。河鼠爲了取暖，也盡量用枯葉緊蓋住身體，同時手裡握著一把手槍，躺在樹洞中耐心等候。

鼴鼠終於醒了。睡過一覺的鼴鼠不但體力恢復、變回平常活潑的樣子，精神也好多了。

「好啦！我先到外面看看，確認一下是不是平安無事，然後我們就眞的該出發了。」河鼠說。

他走到樹洞口，把頭探了出去。接著鼴鼠聽到他輕聲地自言自語：「喂！喂！我們要走嘍！」

「怎麼啦，河鼠？」鼴鼠問道。

「天上飄著雪。」河鼠簡短地回答。「也就是說，下雪了。下得很大呢。」

鼴鼠走過來蹲在河鼠旁邊。他從洞口往外望，看見那片曾嚇得他魂飛魄散的野森林完全變了一個模樣。洞穴、坑窪、池塘、暗溝，以及其他威脅、嚇唬過路人的邪惡事物，全都瞬間消逝無蹤。整個大地彷彿鋪上了一張晶瑩閃亮、漾著淡淡微光的仙毯，這張仙毯看起來非常細膩，精緻到令人不忍用腳亂踩；纖纖的白色粉末漫天飛舞，輕撫著臉頰，碰到的時候有種微微的刺痛感；黝黑的樹幹籠罩在一片似乎是從地底透出來的亮光裡，看起來格外鮮明。

「嗯……唉，沒辦法，」河鼠想了一會兒，接著說，「我看只能碰碰運氣了。我們非出發不可。最糟糕的是，我不知道我們究竟在什麼地方。這場大雪讓所有東西看起來都不一樣了。」

確實是這樣沒錯。現在就連鼴鼠也認不出眼前這座森林其實就是原來的野森林。然而即便如此，他們倆還是鼓起勇氣出發了。他們選了一條感覺起來最有把握的路線，手牽著手，每遇見一棵陰森沉默的新樹，就當作碰上一位老朋友；或是假裝在白茫無盡的雪野和千篇一律的黑色樹幹間，看到了熟悉的洞口、裂縫或彎道，擺出一副所向無敵、興高采烈的樣子繼續往前走。

不知道走了多久（他們已經完全失去了時間概念）——大概是一、兩個鐘頭吧——他們停了下來，又疲倦、又沮喪，感覺就像是漂浮在茫茫大海中一樣絕望，完全不知道該怎麼辦才好，只能坐在一根橫倒的樹幹上休息、喘口氣，思考下一步該怎麼做。他們累得腰痠背痛、摔得鼻青臉腫，而且還不小心掉進洞裡好幾次，弄得全身濕答答的。路上的雪越積越厚，他們拖著小小的腿努力往前邁進，幾乎都快要走不動了。周遭的樹木越長越密、越來越難以區別，整座森林彷彿無邊無際，沒有開始、沒有盡頭，也沒有任何差異。最糟的是，沒有路可以出去。

「我們不能一直坐在這裡，」河鼠說，「我們必須加把勁，做點什麼才行。天氣太冷了，雪很快就會積得更深，到時想走都沒辦法走了。」他環顧四周、思考了一下，接著繼續說，「有了，我想到一個辦法。前面那片看起來高高低低、有許多小山丘的地方——那裡有個小溪谷，我們可以走到那裡試試看，或許能找到什麼遮蔽的地方，像是乾燥的洞穴或山坑之類，暫時避避風雪，然後我們就能好好休息一下，再想辦法走出森林。畢竟我們倆現在都累得要死，休息一下也好。再說，雪搞不好會停，或是出現什麼別的狀況也不一定。」

於是他們站了起來，拖著疲憊的身體，吃力地走進小溪谷，尋找能阻擋刺骨寒風及飛舞雪花的乾燥洞穴或角落。正當他們仔細察看河鼠提到的其中一座小山丘時，鼴鼠突然尖叫了一聲，接著一個踉蹌，臉朝下地摔了一跤。

「哎喲，我的腿！」他大聲嚷道。「哎喲，我可憐的小腿！」他坐在雪地上，兩隻前爪小心翼翼地抱著腿。

「可憐的老鼴！」河鼠同情地說。「你今天好像不太走運喔？來，讓我看看你的腿。」他跪下去看了一下，「嗯，沒錯，你的小腿割傷了。你等等，我拿手帕幫你包紮。」

「我一定是被什麼埋在雪裡的樹枝或樹墩絆倒了。」鼴鼠一臉痛苦地說。「哎喲！哎哎哎——喲！」

「傷口很整齊，」河鼠再次仔細檢查鼴鼠的腿。「絕對不會是什麼樹枝或樹墩割的。看起來倒像是被什麼鋒利的金屬物品劃到。奇怪了！」他沉思了一會兒，靜靜觀察周遭的斜坡和土丘。

「哎，管它是什麼東西弄的！」鼴鼠痛得連話都說不清楚了。「不管是什麼割的，反正都一樣痛！」

可是河鼠什麼也沒說。他細心地用手帕把鼴鼠的腿包紮好後，就將鼴鼠留在原處，自己忙著在雪地裡又刨又挖。他用爪子刨了一陣，鏟起雪來仔細觀察，然後又繼續猛挖，小小的四條腿忙得團團轉。鼴鼠在旁邊不耐煩地等著，每隔幾分鐘就喊上一句：「欸，河鼠，算了吧！」

突然間，河鼠大叫一聲：「萬歲！」接著又是一連串的「萬歲！萬歲！萬——歲！」他有點虛弱地揮舞著四肢，在雪地裡又蹦又跳。

「河鼠，你發現什麼啦？」鼴鼠抱著那條受傷的腿問道。

「你來看！」河鼠一邊繼續跳著舞，一邊開心地說。

鼴鼠一跛一跛地走過去，仔細地打量雪地。過了一會兒，他才慢吞吞地說：「喔，我看到了。我以前也看過這個東西，而且還看過很多次呢，滿眼熟的。啊，是放在門口的刮泥腳踏墊！哎，這有什麼了不起的？你幹嘛繞著刮泥腳踏墊跳舞啊？」

「難道你還不明白這代表什麼意思嗎?你——你這個傻瓜!」河鼠不耐煩地大叫。

「我當然知道這是什麼意思啊,」鼴鼠回答,「很簡單嘛。這表示有某個非常粗心或健忘的人把他家的刮泥腳踏墊遺留在野森林裡了,而且還不偏不倚地扔在無論什麼人走過去都會被絆倒的地方。我說這傢伙也太草率了,完全沒替別人著想。回家之後我非要去向——向什麼人投訴不可,等著瞧吧!」

「噢,天哪!天哪!」看到鼴鼠這麼遲鈍,河鼠只能無奈地大喊。「算了,不跟你吵了。快過來幫我一起挖啦!」話一說完,他又開始埋頭刨去地上的雪,弄得雪花四濺、到處亂飛。

他的努力沒有白費。過了不久,一塊破破爛爛的門墊出現在他們眼前,靜靜地躺在雪地裡。

「看,我就說吧!」河鼠得意地歡呼,一副大獲全勝的樣子。

「你什麼也沒說啊。」鼴鼠非常誠實地說。「好吧,看起來你又發現了另一樣家庭用品,是人家丟掉不要的,我想你現在應該高興得很。如果你要繞著這東西跳舞的話就快跳,跳完我們好繼續趕路,別再浪費時間在這些垃圾堆上啦。踏墊能吃嗎?能當成毯子蓋著睡嗎?還是能當成雪橇坐在上面,讓我們一路滑回家?你這個煩人的齧齒動物!」

「你——的——意——思——是——說，」河鼠興奮地大喊，「這塊踏墊什麼都沒告訴你嗎？」

「沒錯，河鼠。」鼴鼠火大地說。「我真的覺得我們已經鬧夠了，別蠢了。有誰聽說過一塊腳踏墊能『告訴』你什麼事？它們根本不會說話。它們不是那種類型的東西。踏墊知道自己的身分。」

「你給我聽著，你——你這個呆頭呆腦的畜生！」河鼠勃然大怒。「別再跟我來這一套！你閉嘴，什麼話都不用說，只管刨雪就好。努力地刨、努力地鏟、努力地挖，然後仔細地找，特別是小山丘周圍那一帶。如果你今晚想睡在又乾又溫暖的地方，那就聽我的，這是我們最後的機會了！」

河鼠衝到旁邊一座雪坡上，拿著短棍使勁地到處戳，然後又瘋狂地猛挖；鼴鼠也忙著用爪子刨雪，但他這麼做不爲別的，只是爲了討好河鼠，因爲在他看來，他朋友的腦子已經有點神智不清了。

他們奮力挖了十分鐘左右。突然，河鼠的短棍好像敲到了什麼東西，發出空洞的聲音。他繼續往下挖，一直挖到大小可以伸進一隻爪子下去摸爲止。他趕緊叫鼴鼠過來幫忙。這兩隻小傢伙就這樣拚命刨、刨個不停；終於，這場辛苦勞動的成果赫然展現在他們眼前。鼴鼠大吃一驚，簡直不敢相信自己的眼睛。

在先前看起來像是一道雪坡的邊上，佇立著一扇堅固的深綠色小門，門邊掛著一個繫有拉鈴繩的小鐵環，鐵環下方有一塊小小的黃銅門牌，上面俐落地刻著幾個方方正正、筆畫工整的大字。在皎潔的月光照映下，可以看出那些字寫的是：

獾公館

驚喜萬分的鼴鼠往後一躺，倒在雪地上。「河鼠！」他懊悔地喊道。「你真了不起！你呀，眞的、眞的很了不起！現在我完全明白了！打從我一開始跌倒、割傷小腿的那一刻起，你就用你那聰明的頭腦一步步找尋蛛絲馬跡，讓眞相水落石出。一看到我的傷口，你那厲害的腦袋就馬上對自己說：『是腳踏墊割的！』然後你就轉身去找那塊害我受傷的踏墊！你找到之後，有沒有就這麼算了？沒有。有些人可能找到踏墊後就心滿意足、不再挖了；但你不是，你繼續運用自己的聰明才智。你對自己說：『再找找看，要是能再發現一個踏墊，就能證實我的想法了！』當然啦，後來你果然找到了腳踏墊。你眞的太聰明了！我相信，你一定能找到任何你想找的東西。『現在』，你說，『這裡擺明了一定有門。只要一直挖下去找門

4 獾先生

他們一邊耐著性子等，一邊不停地在雪地裡跺腳，好讓腳暖和一點。等待的時光非常漫長，他們覺得自己似乎等了好幾百年那麼久，最後終於聽見裡面傳來窸窸窣窣、像是拖著腳走路的聲音，慢慢地靠近門口。鼴鼠對河鼠說，那聲音聽起來似乎是有人穿著室內拖鞋在走，而且鞋子不但太大，還破破舊舊的。鼴鼠很聰明，因爲他完全說對了。

這時，門後響起一陣拉門閂的聲音。門開了一道小縫，剛好只夠露出一個細長的口鼻和一雙正在眨呀眨、充滿睡意的眼睛。

「哼，下回要是再發生這種事，」一個充滿疑心的沙啞嗓音說，「我就眞的要發飆了。這次又是誰呀？這麼冷的天氣，三更半夜的，跑來吵別人睡覺？說話呀！」

「嘿，老獾，」河鼠放聲大喊，「讓我們進去好不好？是我，河鼠，還有我的朋友鼴鼠。我們在雪地裡迷路了。」

「啊？是你呀河鼠，我親愛的小老弟！」老獾驚呼一聲，整個語氣都變了。「進來吧，你們兩個，快進來。哎，你們一定凍壞了。眞糟糕！居然在雪地裡迷路！而且還是在三更半夜的野森林裡！好了不說了，你們快點進來吧！」

河鼠和鼴鼠都急著想快點進屋，結果兩人都被對方絆了一跤，跌坐在地上。直到聽見門在背後關上的聲音，他們才眞正鬆了一口氣，心中洋溢著滿滿的喜悅。

老獾身穿一件長睡袍，手裡拿著一座扁平的燭臺，而且腳上的確踩著一雙非常破舊的拖鞋。看樣子當他們倆在外面敲門的時候，老獾正要上床睡覺。他低下頭，親切地看著這兩個小傢伙，拍拍他們的頭。「這樣的夜晚不是小動物該出門的時候，」他像個父親般慈愛地說，「恐怕你又在玩什麼鬼把戲了吧，河鼠。哎，跟我來，我們到廚房去。那裡有最溫暖的火光、最棒的晚餐，應有盡有。」

他舉著蠟燭、拖著腳步，慢慢地走在前面。河鼠和鼴鼠緊跟在後，用手肘互相輕碰對方一下，彷彿無聲地說：「你看，沒錯吧！」他們沿著一條狹長陰暗，而且老實說非常破爛的通道往前走，進入一個類似中央大廳的地方；在這裡可以隱約看見其他好幾條長長的、像隧道一樣的通道岔出去，那些通道完全看不到盡頭，散發出一種神祕幽深的氣息。不過，大廳裡也有好幾扇門，每一扇都是用厚實的橡木做的，看起來非常典雅堅固、令人安心。老獾拉開其中一扇門，他們一踏進去，就發現自己正站在一間被爐火照得通紅明亮、暖呼呼的大廚房裡。

廚房地板上鋪著已磨損大半的紅磚，寬闊的壁爐裡燃著一堆木柴；設在爐角的兩個雅座巧妙地鑲嵌在牆上，絕對不會吹到冷風。壁爐兩側面對面擺了兩張高背長椅，是爲了那些喜歡社交的客人準備的，讓他們聊起天來更方便舒適。廚房中間有張以木板和支架組成、外觀簡單樸實的長桌，桌子四邊都擺了長凳。餐桌另一端有張往後推開的扶手椅，扶手椅前方的桌面上還散著獾先生吃剩的晚餐；飯菜看起來很普通，但分量很大、很豐富。房間最遠的那一頭有座碗櫥，一排排潔淨光亮的盤子正立在碗櫥架上眨眼；頭頂上的屋椽掛著香噴噴的火腿、一束束乾燥香草、好幾網袋的洋蔥，以及許多籃雞蛋。這間廚房看起來就像是凱旋而歸的英雄們歡宴暢飲的地方；也像是一大群疲憊的農夫圍在桌邊排隊取食物、盡情談笑歌唱，慶祝豐年的「豐收之家」；或是兩、三個志趣相投的好友可以隨意挑個位子坐下，無拘無束地吃喝、抽菸及談天的舒心角落。臉色紅潤的磚地對著煙霧繚繞的天花板微笑；因長年使用而磨得光亮的橡木高背椅，互相交換了一個愉快的眼神；碗櫥架上的盤子開心地朝其他鍋碗瓢盆咧嘴大笑，而快樂的火光則不停閃爍，亮晃晃地逗弄著廚房裡的每一樣東西。

和藹的老獾把他們倆推到壁爐旁一張高背椅上坐下，讓他們烤烤火，然後又叫他們把身上濕淋淋的衣服和靴子脫掉，換上他拿來的睡袍和拖鞋，並親自用溫水清洗鼴鼠腿上的傷口，貼上保護用的OK繃，直到那條小腿看起來就像沒受傷過一樣、完好如初。在光亮與溫暖的擁抱下，他們那小小的身體終於乾了，心也暖和了起來。他們把疲倦的腿伸得長長的、蹺在前面，聽著背後傳來陣陣擺放碗盤的誘人叮噹聲，這兩隻飽受風雪侵襲的動物現在正處於安全的避風港。外面那天寒地凍、杳無蹤跡的野森林彷彿離他們好遠好遠，而剛才所經歷的種種磨難就像一場夢，幾乎都快要忘光了。

等他們全身上下都烘得暖呼呼之後，老獾就叫他們過來餐桌這邊吃飯，他已經費心準備好一頓豐盛又美味的晚餐。河鼠和鼴鼠早就餓得受不了，可是一看見這麼多佳餚眞眞切切地擺在眼前，他們又不知該從何下手，因爲桌上所有食物看起來都好誘人，吃了這一樣，不知道那一樣會不會乖乖等著他們品嚐。有好長一段時間，他們的嘴巴都忙得沒空說話；好不容易等到可以重新交談、慢慢開啓對話時，又因爲嘴裡塞滿食物，導致說起話來含糊不清。不過老獾對這種事完全不在乎，也不會去注意別人吃飯時是不是把手肘放在桌上、或大家同時搶著說話之類。因爲他自己並不參與社交應酬，所以自然覺得這些事不重要。（我們當然知道他的看法是錯的、眼光太狹隘了，因爲這些事其實非常重要；但若要一一解釋原因、說明爲什麼重要，太花時間了。）他坐在餐桌邊的扶手椅上，靜靜聽著河鼠和鼴鼠描述他們的遭遇，不時嚴肅地點點頭。無論他們說什麼，老獾臉上完全看不見一絲震驚或詫異，他也從來不會說一些像是「我就說吧」、或是「就跟我常說的一樣嘛」之類的話，也不會點出他們應該做什麼、或是不應該做什麼。鼴鼠開始對老獾很有好感。

晚餐終於告一段落，大家全都覺得肚子繃得緊緊的、吃得好撐，同時也感到非常安全。此時此刻，他們無憂無慮，不必擔心任何人事物。他們圍繞在閃著點點紅光的爐火餘燼旁，心想，這麼晚了還能坐在這裡、這麼自由自在，而且還吃得這麼飽，眞是人生一大樂事！他們閒聊了一陣後，老獾便興致勃勃地說：「好啦！現在我們來聊聊你們那邊的新聞吧。最近老蟾怎麼樣啦？」

「哎，從『糟』變成『糟透了』。」河鼠一臉凝重地說。此時鼴鼠斜靠在一張高背椅上，腳跟蹺得比頭還高，全身浸沐在暖暖的火光裡，試著做出哀傷的表情。「就在上星期，他又出了一次車禍，而且情況很嚴重。你看，他明明沒那個本事，可是又硬要親自開車。要是雇一隻正經、穩重又訓練有素的動物，開個好薪水，把一切交給他打理，那就什麼事都沒有啦！但他偏不要。他自認是個天生的開車好手，怎麼勸都勸不聽。結果一堆莫名其妙的事都來了。」

「有多少次了？」老獾憂慮地問道。

「你是說車禍，還是他買新車的次數？」河鼠反問。「哎，沒差啦，反正對蟾蜍來說都是同一件事。這已經是第七次了。至於其他的——你看過他那間車庫吧？哼，堆得跟山一樣，一直堆到天花板，完全不誇張，整個車庫滿滿都是汽車碎片，每塊都比你的帽子還小！那些就是其他六次車禍的紀念品，至少目前還算得出來是六次。」

「他還住院過三次哩，」鼴鼠插嘴說，「至於那些他不得不付的罰款……光想就覺得恐怖。」

「對啊，這也是問題的一部分。」河鼠接著說。「蟾蜍是很有錢沒錯，這點大家都很清楚，但他並不是什麼百萬富翁啊！除此之外，他實在是個無可救藥的爛駕駛，完全不把法律和交通規則放在眼裡。他要不是賠上性命，就是賠上家產——早晚會落到這個地步。老獾！我們是他的朋友，是不是該想個辦法，做點什麼才好？」

老獾認真地思考了一陣，最後終於嚴肅地開口說：「是這樣的。想必你們應該也很清楚，現在我真的愛莫能助，不是嗎？」

他那兩位朋友都同意這個觀點，也很明白他的意思。按照動物界的規矩，冬天是他們的「靜休期」，大家完全不會進行任何耗費精力的劇烈活動、極端的英勇行爲，甚至只是稍微活躍一點的動作也不行。每到冬季時分，所有動物都昏昏欲睡（有些是眞的已經睡著了）。

之所以需要靜休，一方面是因爲大家多多少少受到氣候的影響，另一方面是在先前那段艱困的時節裡，不分晝夜，他們身上每一寸肌肉都承受著極爲嚴酷的考驗，所有體力和能量耗得一滴不剩的緣故。

「你們明白就好！」老獾繼續說。「不過，等新的一年降臨、黑夜變短，大家開始睡到一半醒來、坐立難安，想在日出前起床做點什麼的時候，那就可以——你們知道吧！」

河鼠和鼴鼠嚴肅地點點頭。他們知道！

「嗯，到時候，」老獾接著說，「我們——也就是你、我，還有我們這位朋友鼴鼠——我們就要好好整頓一下，對蟾蜍嚴加管束。無論如何，絕對不能讓他繼續胡鬧下去。必要的話，我們就用強迫的手段來對付他，總之非要恢復他的理智不可。我們要讓他變成一隻明理又懂事的蟾蜍。我們要——欸，河鼠，你怎麼睡著啦！」

「沒這回事！」河鼠打了個哆嗦，驚醒過來。

「從晚餐開始到現在，他已經睡了兩、三次啦！」鼴鼠哈哈大笑。他覺得自己很清醒，甚至可說是活力充沛，不過他也不知道爲什麼會這樣。其實理由很簡單，他生來就是一隻在地底生活的動物，他在地底出生、在地底長大，老獾屋子裡的情況完全符合他的天性，讓他感覺就像在自己家一樣舒適；但河鼠就不一樣了，他每天晚上都睡在窗戶敞開、通風良好的房間裡，習慣了河上吹過來的徐徐微風，現在自然會覺得老獾家的空氣凝滯，有種沉悶的壓迫感。

「好啦，是時候該上床睡覺了。」老獾站了起來，伸手去拿燭臺。「你們兩個跟我來，我帶你們到臥室裡去。好好睡一覺，明天早上不用急著起床。早餐隨你們高興，想什麼時候吃都行！」

老獾帶著這兩隻小動物走進一個狹長的房間，裡面一半像臥室、一半像儲藏室——老獾準備的冬季存糧堆得到處都是，滿滿地占去了半個房間；有一堆堆的蘋果、蘿蔔、馬鈴薯，一籃一籃的核桃，還有好幾罐蜂蜜。不過，房間另一半的地板上擺了兩張潔白的小床，看起來很柔軟、很吸引人；上面鋪的床單雖然有些粗糙，但非常乾淨，聞起來有股美好的薰衣草香氣。鼴鼠和河鼠大概只花了三十秒就甩掉身上的衣服，心滿意足地鑽進被窩裡了。

疲憊不堪的兩人乖乖聽從親切老獾的囑咐，隔天早上睡到很晚才起床下樓吃早餐。他們走進廚房，發現爐子裡已經燃起明亮歡快的火光，有兩隻小刺蝟正坐在餐桌前的長凳上，吃著木碗裡的麥片粥。他們一看見河鼠和鼴鼠走進來，便立刻放下湯匙、站了起來，恭敬地低頭鞠躬。

「哎，坐坐坐，」河鼠高興地說，「繼續吃你們的粥。你們兩個小傢伙是從哪裡來的？

在雪地裡迷路了是不是？」

「是的，先生。」年紀比較大的那隻小刺蝟很有禮貌、滿懷敬意地說。「這是我的小弟比利，我們本來是要去上學的——媽媽說天氣向來都是這樣，堅持要我們去上學——結果，我們當然就迷路了，先生。比利年紀還小、膽子不夠大，所以很害怕，嚇得哭了起來。最後我們誤打誤撞，來到獾先生家後門，於是就鼓起勇氣敲門，先生，因為大家都知道，獾先生是位心地善良的紳士——」

「我懂、我懂。」河鼠打斷小刺蝟的話，替自己切了幾片培根，同時鼴鼠也打了幾顆蛋在煎鍋裡。「外面的天氣如何？喔，還有，用不著一直『先生』、『先生』地叫我。」他補充一句。

「噢，天氣糟透了，先生，雪深得要命呢。」小刺蝟說。「像你們這樣的紳士今天最好還是別出門了。」

「獾先生呢？」鼴鼠一邊在爐子上熱咖啡，一邊問道。

「主人到他的書房去了，先生。」小刺蝟回答。「他說他今天上午特別忙，不管有什麼事，都不要去打擾他。」

老獾為什麼會這麼說呢？在場的每一位當然都再清楚不過了。事實上，就像之前提到過的，當你一年之中有六個月都過著緊張忙碌的生活，另外六個月處於昏昏欲睡、或真正進入全然睡眠的狀態，而偏偏後面那段時間剛好有人來訪、或是有什麼事要做，你也不好一直拿「想睡」來當推託的藉口吧？這樣的理由說多了，最後只會令人生厭而已。動物們都明白，老獾吃過豐盛的早餐、塡飽肚子後，就回到書房裡，舒服地坐在扶手椅上，雙腿則架在另一張扶手椅上，然後用紅色棉質手帕蓋住臉，一如往常地「忙」他在這個季節需要「忙」的事了。

這時，前門的門鈴突然鏗鏗鏘鏘地大響。河鼠正津津有味地嚼著塗滿奶油的麵包，整張嘴油亮亮的；他一邊吃，一邊派那隻年紀和體型都比較小的刺蝟比利去看是誰來了。不久，門廳裡響起一陣重重的腳步聲，小比利回來了，後面還跟著一個熟悉的身影——是水獺！水獺一邊開心地嚷著打招呼，一邊朝河鼠飛撲過去，給他一個大大的擁抱。

「走開啦！」嘴巴塞滿麵包的河鼠嘟囔著。

「我就知道一定能在這裡找到你們！」水獺興高采烈地說。「今天早上我去河岸的時候，發現大家陷入一片驚慌、擔心得不得了。他們說，河鼠整夜沒回家，就連鼴鼠也不見蹤影，一定是發生了什麼可怕的事。當然啦，你們的足跡全被大雪蓋住了。不過我知道，大家遇到困難時多半會來找老獾；就算不是，老獾多少也會知道一點消息。所以我就穿過野森林、越過雪地，一路直奔到這兒來啦！哇！走過雪地的時候，紅紅的太陽正高高升起，陽光就這樣灑在黝黑的樹幹上，眞的好美喔！跟你們說，在靜悄悄的樹林裡走著走著，不時會有一大團雪突然『啪』一聲，重重地從樹枝上滑落，嚇你一大跳、害你得趕緊跑去找個地方躲起來呢！一夜之間，不知道從哪兒冒出了這麼多雪堡、雪窟，還有雪橋、雪臺和雪牆，我眞的很想停下來好好大玩幾個鐘頭。一路上到處都可以看見被雪壓斷的粗樹枝，知更鳥在這些殘枝上蹦蹦跳跳，看起來既得意又快活，好像這些樹枝是他們壓斷似的。一群野雁排成不規則的隊伍，在灰濛濛的天空中振翅高飛、掠過我頭頂；幾隻烏鴉在樹梢盤旋、巡視了一會兒，然後又帶著鄙視的神情拍拍翅膀回家了。我始終沒碰到任何一隻腦袋清醒的動物可以讓我打聽一下消息。後來……大概走了一半左右吧，我遇見了一隻坐在樹墩上的兔子，正在用爪子清理他那張傻乎乎的臉。我偷偷溜到他背後，伸出一隻前爪重重地搭在他肩上，結果這一搭，把他嚇得魂都飛了，害我不得不拍拍他的臉，連拍了好幾下，他才稍微清醒一點。最後我終於從他口中得到一些消息——昨晚他們有人在野森林裡看見了鼴鼠。他說，大家都在兔子洞裡七嘴八舌地討論，說河鼠先生的好朋友鼴鼠遇上麻煩啦，還說他迷了路，而『他們』又是怎麼跑出來追得他團團轉。我問他：『那你們爲什麼不幫忙呢？老天爺可能沒賜給你們什麼聰明的好腦子，但你們族裡有成千上百隻兔子，個個體型高大強壯、肥得像奶油一

餐了，」他對水獺說，「留點肚子跟我們一起吃吧。今天早上這麼冷，你一定餓了吧。」
「豈止餓了！」水獺一邊說，一邊對鼴鼠擠擠眼。「看到這兩隻貪嘴的小刺蝟狼吞虎嚥、猛吃火腿的樣子，讓我餓得發慌呢！」
小刺蝟們吃過麥片粥後，就一直忙著幫長輩煎火腿、辛苦了老半天，現在又覺得餓了。他們膽怯地抬頭看著獾先生，不好意思開口。
「好啦，你們兩個小傢伙快回家找媽媽吧，」老獾和藹地說，「我會派人帶路、送你們回去。我今天不能再招待你們吃大餐啦。」
他給了他們每人六便士，拍拍他們的頭。小刺蝟畢恭畢敬地揮著帽子，離開了老獾的家。
他們一走，老獾、河鼠、鼴鼠和水獺便一起坐下來吃午餐。鼴鼠發現自己被安排坐在獾先生旁邊，而其他兩人還在談論河上的新聞和閒話，樣子非常投入，沒有什麼能轉移他們的注意力。鼴鼠趁這個機會告訴老獾，他在這裡感覺很舒服，就像在自己家一樣自在。「一到了地下，」他說，「心裡就覺得很踏實。不會發生任何事，也不會遇上任何危險。你就是你自己的主人，完全不用去請教別人的意見，也不必在意別人說什麼。地面上的一切照常運轉，只管放手讓他們去，不用替他們操心。想上去就上去，萬事萬物都在那兒等著你，想做什麼，就做什麼。」

老獾笑容滿面地看著他。「這正是我要說的，」他回答，「只有在地下，才能體會到安全、寧靜與和平。再說，要是你的想法變了、眼界大了，需要擴展一下地盤，那很簡單，只要挖一挖、刨一刨就搞定了！假如你覺得房子太大，那就堵住一、兩個洞，就又搞定啦！沒有建築工人，沒有討厭的推銷員，沒有人越過圍牆探頭探腦、對你指指點點，更重要的是，完全不受天氣的影響。想想河鼠現在的處境吧。只要河水上漲一、兩呎，他就得大費周章地搬家、另外租房子住，既不舒服、又不方便，租金還貴得嚇人。再說蟾蜍吧。我對蟾蜍莊園倒是沒什麼意見；就房子本身來說，蟾蜍莊園的確是這一帶數一數二的。可是假如突然發生火災，蟾蜍怎麼辦？假如屋瓦被狂風吹走了，屋牆裂開或倒塌了，或是玻璃窗破了，蟾蜍怎麼辦？假如冷風不斷灌進屋裡——我個人最討厭太通風的房子——蟾蜍又能怎麼辦？沒錯，出門逛逛固然很好，地面上也有足夠的資源可供謀生，但地底才是最後唯一的歸屬。這就是我對家的看法！」

鼴鼠打從心底同意老獾的觀點，因此老獾對他很有好感。「吃完午餐後，」他說，「我帶你到處逛逛，參觀一下寒舍。我相信你一定會喜歡這個小地方。你很懂住宅建築藝術，是個行家呢。」

吃過午飯後，河鼠和水獺便坐到舒適的爐角雅座上，開始激烈爭辯有關鰻魚的話題。這時，老獾點亮一盞燈籠，叫鼴鼠跟著他走。他們穿過門廳，進入一條主隧道。在燈籠搖曳的光芒照映下，隱約可見隧道兩旁嵌著大大小小的房間，有些只是擺著碗櫥的小儲藏室，有些則跟蟾蜍家的餐廳一樣寬闊氣派。接著轉過直角彎，沿著狹窄的通道往前走，又進入了另一條長廊。這裡的情況就跟先前那條隧道一樣。整座地下建築不僅規模龐大、占地遼闊，岔路和別院也很多；綿延無盡的幽暗通道、堅實牢固的儲藏室穹頂（儲藏室裡自然是塞得滿滿的），以及隨處可見的廊柱、拱門和鋪砌路面等磚石結構——一切的一切讓鼴鼠看得眼花撩亂、驚嘆連連。「天哪，老獾，」最後他忍不住開口，「你怎麼有這麼多時間和精力做這些事啊？太不可思議了！」

「要是這些全都是我一個人完成的，」老獾淡淡地說，「那就眞的很不可思議了。不過老實說，我根本什麼也沒做，我只是依照自己的需要，盡可能清理出房間和通道罷了。周圍一帶還有很多這樣的建築呢。我知道你聽不太懂，我解釋一下好了。事情是這樣的，嗯，很久很久以前，就在這片野森林枝葉搖曳的地方，佇立著一座城市，人類的城市。他們就住在我們現在站的地方，在這裡走路散步、睡覺、做各式各樣的事。他們也在這裡建馬廄養馬、設宴席、騎馬出發去打仗，或是駕車去做生意。他們是非常強盛的民族，不但有錢，同時也是很優秀的建築工匠。他們蓋房子時是以耐用為目標，因為他們認為自己的城市會永遠存在、恆久不衰。」

「那他們後來怎麼樣了？」鼴鼠問。

「誰知道呢？」老獾回答。「人類來了，住上一陣子，接著持續繁榮興旺，建造了許多東西，然後又離開了。這就是他們的生活方式。相反地，我們卻始終留待、始終存在。據說早在那座城市出現以前，這裡就已經有獾了；如今這裡還是有獾。我們是一群很有耐心、很有毅力的動物。或許我們會遷移到別的地方一陣子，可是我們會耐心等待，然後再遷回來。一直以來都是如此，也永遠都會如此。」

「唔，那那些人類離開以後呢？發生什麼事了？」鼴鼠又問。

「他們離開以後，」老獾繼續說，「年復一年，強風和暴雨一而再、再而三地不斷侵襲這片土地，掌管了這座城市。或許我們獾也用自己微妙的方式推波助瀾、幫了點小忙也說不定，誰知道呢？總之這座城市就這樣一點一點地往下坍、坍、坍，最後變成一片廢墟，夷平了、消失了，然後又一點一點地往上長、長、長，小小的種子長成樹苗，樹苗長成大樹，就連黑莓灌木、荊棘和蕨類植物也悄悄跑來湊熱鬧。滿載著落葉的鬆軟沃土不斷堆疊起來，湮沒了一切痕跡；冬天溪流漲潮時所帶來的泥沙逐漸淤積、覆蓋著大地；久而久之，我們的家園又再次預備好一切，於是我們就搬進來了。在上面，也就是我們頭頂上那片地表，也發生了同樣的事。動物們來到這裡，看上了這塊土地，接著各自找地方安頓下來，不斷繁衍興旺。他們太忙了，根本沒有時間、也從來不為過去的事情操心。雖然這一帶的自然地勢崎嶇不平、丘陵起伏，而且到處都是坑洞，但也未嘗沒有好處。將來人類說不定又會搬進來住一段時間——這是非常有可能的事——不過他們也不太為未來煩心。目前野森林裡已經住滿了各式各樣的動物；就跟平常一樣，他們有好有壞、也有不好不壞的——我就不指名道姓了，反正世界本來就是由形形色色的萬物所組成的嘛。我想你現在應該也多少對他們有些了解了吧。」

「嗯，確實是這樣沒錯。」鼴鼠微微地打了個冷顫。

「好啦，好啦，」老獾拍拍鼴鼠的肩膀，「你要知道，這是你第一次接觸到他們。其實他們也並不是眞的那麼壞。我們一定要好好生活，同時也要讓別人生活，大家共生共榮。不過我明天還是會把話傳出去、打聲招呼，這樣你以後應該就不會再遇上麻煩了。在這一區，只要是我的朋友都能暢行無阻，想去哪兒、就去哪兒；要是有誰敢動他們，就得給我一個好理由！」

他們再度回到廚房，只見河鼠非常焦躁不安，不斷地來回踱步。他覺得地底下的空氣和氛圍有種壓迫感，讓他神經緊張；他好像真的很怕自己要是不趕快回去照顧那條河，河就會跑掉似的。於是他穿上長大衣，把手槍插到腰帶裡。「走吧，鼴鼠！」他一看到老獾和鼴鼠走進來，立刻著急地說。「我們得趁天色還亮的時候趕快回去。我不想再待在野森林裡過夜了。」

「沒問題，我親愛的朋友。」水獺說。「我跟你們一起走。就算蒙上眼睛，我也認得出每一條小路。要是有哪個傢伙欠揍，你放心，看我不好好揍扁他才怪！」

「用不著這麼擔心，河鼠，」老獾平靜地說，「我家這些地道比你想像的還要長，能通到很遠很遠的地方；另外，我還有許多藏身的地洞，能從不同的方向通往森林邊緣，不過我不是很希望所有人都知道就是了。等你們真的要走的時候，可以抄其中一條捷徑。現在先放輕鬆，再坐一下吧。」

儘管如此，河鼠還是急著要走，堅持回去照顧他的河。老獾只好再度提起燈籠，領著他們進入一條又悶又潮濕的隧道。這條隧道曲折蜿蜒，裡面滴滴答答地滴著水，一部分是穹頂，一部分則是從堅硬的岩石裡鑿出來的。這段路好累人、好漫長，他們走了好久好久，彷彿走了好幾哩，最後終於看見明亮的天光透過懸垂在洞口上、纏繞成一團的植株灑了進來，形成零碎混亂的光影。老獾匆匆說了聲「再見」後，便急急忙忙把他們推出隧道，並用藤蔓、樹枝和枯葉把洞口藏好，盡可能不露痕跡，接著就轉身回去了。

他們發現自己就站在野森林邊緣。岩石、荊棘和樹根在他們背後雜亂無章地相互堆砌、彼此交纏在一起，前方則是一大片廣闊、寧靜的田野，田野四周鑲著在白雪映襯下黑黝黝的樹籬；熟悉的老河正在遠方閃閃發光，紅通通的冬陽低低地懸在地平線上。由於水獺最熟悉這一帶的小徑，因此便由他帶路。他們直直地往前走，來到佇立在遠處的籬笆臺階，並在那裡停下腳步，暫時休息一下。回頭眺望，只見整片巨大的野森林陰鬱地座落在遼闊的白色世界，看起來繁茂濃盛、緊簇密實，散發出駭人的危險氣息。他們三人不約而同地轉過身，快步趕路回家，朝溫暖的爐火、火光下的熟悉事物，以及窗外那歡樂的流水聲奔去。儘管大河也有自己的喜怒哀樂等種種情緒，但他們了解它、信任它，而它也絕不會做出任何讓他們驚恐害怕的事。

鼴鼠飛也似的往前走，急切地想快點回到家裡、回到他熟悉和喜愛的事物裡。這一刻，他才清楚地明白，自己是一隻屬於耕地與樹籬間的動物；他的生命和犁溝、常去的牧場、日暮時分令人流連忘返的小巷弄，以及人們培植栽種的花園緊緊相連在一起。至於嚴峻的環境、頑強的耐力，或是和狂暴的大自然發生眞正的衝突，那些是另一群動物的歸屬。他必須放聰明點，全心守著那些與他相互連結的美妙樂土，那裡也有許多專屬於他們自己的獨特冒險，足夠他這輩子好好探尋一番了。

5 可愛的家

河鼠和鼴鼠兩人有說有笑、興高采烈地匆匆走過羊圈。羊兒們紛紛跑向彼此，在柵欄邊緊緊擠成一團。他們昂著頭，輕輕跺著纖細的前蹄，又小又薄的鼻孔噴著熱氣，一股縹緲的白霧從羊群中騰起，冉冉上升到寒冷的空氣裡。此時，河鼠和鼴鼠正穿越田野，往回家的路上走。他們今天一整天都跟水獺一起在廣闊的高地上打獵探險，而那片高地正是幾條注入大河的小溪發源地。冬天的白晝很短，昏暗的暮色逐漸逼近，但他們離家還有一段遙遠的距離。當他們拖著沉重的腳步、漫無目的地越過田畦時，聽見了綿羊咩咩的叫聲，於是便循著聲音走來。現在，他們發現羊圈那邊延伸出一條平坦的小徑，除了路比較好走之外，更重要的是，基於動物天生就有的敏銳感知，他們能百分之百、肯定地告訴自己：「沒錯，這就是回家的路！」

走著走著，這條平坦的小徑變成一條小路，接著擴張成一條小巷弄，最後引他們走上了一條用碎石修築而成、鋪得非常平整的大道。「看起來我們好像會走進村子裡耶。」鼴鼠放慢腳步，有點懷疑地說。動物們不太喜歡村莊；他們平時最常走的公路是另一條獨立的路線，並不會經過教堂、郵局或酒館等人來人往的地方。

「喔，別擔心！」河鼠說。「每年一到這個季節、這個時候，無論是男人、女人、小孩，還是小貓、小狗，全都安安靜靜、舒舒服服地坐在家裡，圍在火爐邊烤火。我們可以神不知鬼不覺地溜過去，不會惹上什麼麻煩的。如果你想的話，我們還可以從窗外偷偷看一下他們在做什麼喔。」

十二月中旬的夜來得非常快。當他們踏上薄薄一層、細如粉末的初雪，踩著輕柔的腳步走進村子裡時，這座小巧的村莊就已經籠罩在幽暗的夜色裡了。眼前除了那些鑲在街道兩側、色澤暗淡的橘紅色小方窗外，幾乎什麼也看不見；每間小屋裡的燈光和火光全都透過窗扉滿溢出來，湧流到外面這片黑壓壓的世界。大多數低矮的格子窗都沒有掛窗簾，因此從窗外往裡頭看，可以看到屋內的人聚集在茶几四周，有的專心做手工藝，有的則一邊比手畫腳、一邊大聲談笑，每個人看起來都很幸福、姿態優美自如——那是一種自然流露出的優雅，一種絲毫沒有意識到觀眾的完美境界，就連技藝高超的演員也不可能捕捉到這般神韻。鼴鼠和河鼠這兩位離家很遠的「觀眾」，恣意地從一家「戲院」走到另一家「戲院」；每看到一隻貓被撫摸、一個想睡的孩子被抱到床上，或是一個疲倦的男人伸伸懶腰、拿著菸斗在冒煙的木柴上敲菸灰時，他們的眼睛裡就會閃著某種感傷又渴望的光芒。

不過，這一夜最特別的是一扇拉上窗簾的小窗。那扇窗靜靜地嵌在黑暗裡，看起來就像一片小小的半透明空白。在這裡，家的感覺，以及磚牆裡那個窗簾低垂的小天地將外頭那片遼闊又充滿壓力的自然世界隔絕在外、徹底遺忘的感覺，正以強烈的節奏撼動他們的心。小窗旁掛了一個鳥籠，緊挨著白色窗簾，映出輪廓分明的黑色剪影；每根鐵絲、每座棲架、每個附屬零件，甚至是昨天一塊被鳥兒舐圓了角的方糖，全都清晰可辨。毛茸茸的小鳥把頭深深埋進羽毛裡，蹲在籠子中央的棲架上休息，看起來離他們好近好近，彷彿只要一伸手就能摸到似的，甚至連覆蓋在圓滾滾小身體上那些精巧、纖細的翎毛尖端，都像細膩的鉛筆畫一樣，清楚地描繪在被照亮的窗簾銀幕上。正當河鼠和鼴鼠凝神細看的時候，這隻睡意正濃的小傢伙不安地動了一下，睜開眼睛，接著抖抖身子，抬起頭。他像是覺得很無聊似的打了個哈欠，河鼠和鼴鼠透過窗簾上的剪影，看到那細小的鳥喙張得大大的。鳥兒環顧一下四周，又把頭轉過去、埋進翅膀底下，豎起的羽毛也逐漸收攏、平貼在身上，歸於全然的寧靜。這時，一陣凜冽的寒風掃過他們的頸後，冰冷的雨雪刺痛了他們的皮膚，他們像是從夢中驚醒一樣，突然覺得腳趾發冷、雙腿痠痛，這才意識到，距離回家，還有一段漫長艱辛的路要走。

一走出村莊，四周頓時一片空曠，再也沒有小屋的身影。親切又友善的田野氣息從道路兩旁傳出來、穿透黑暗，再度竄進他們的鼻子裡；於是他們倆打起精神，踏上最後一段漫長的旅途。這是回家的路，一段我們知道最終一定會走完、一定有盡頭的路。到了那時，門閂喀嚓一響，眼前突然出現溫暖的火光，熟悉的事物將會如迎接離家許久、長年在海外遊蕩的旅人般熱情地歡迎我們。河鼠和鼴鼠踩著沉重的腳步，緩慢、穩定地往前走，他們默默無語，各想各的心事。鼴鼠一心想著晚餐；因爲天色已經全暗了，四周的田野對他來說又很陌生，所以他乖乖地跟在河鼠後面，完全放手讓河鼠帶路。至於河鼠，他一如往常走在前面有點距離的地方，聳著肩膀，雙眼緊盯著腳下那條筆直的灰色道路；因此當可憐的鼴鼠像觸電般突然感受到一股召喚時，他完全沒有注意到這件事。

我們人類早在很久很久以前就喪失了那些比較細微的生理感知能力，甚至找不到什麼恰當的詞彙來表達動物與其周遭環境、生命體或其他事物之間的相互交流關係。比方說，動物的鼻子裡會不分晝夜、持續地發出各種細微的顫動，例如呼喚、警告、煽動、驅趕或排拒等等，而人類只會用一個「嗅」字來概括這些行爲。在黑暗中猛然觸碰到鼴鼠的，正是這種來自虛空、宛如仙靈般神祕縹緲的召喚；雖然他至今都還是記憶模糊，想不起來這召喚到底是什麼，但那熟悉又充滿吸引力的呼求讓他全身上下都感受到一波又一波、微微刺痛的強烈震顫。他突然停下腳步，一動也不動地站在路上，用鼻子這邊聞聞、那邊嗅嗅，努力地想再次捕捉到那根細絲、那股強烈觸動他的電流。過沒多久，他抓到了；這一次，電流挾著往日回憶如潮水般席捲而來，瘋狂地湧上心頭。

是家！那些如愛撫般親暱的呼求、那些隨風飄蕩的溫柔觸摸，還有那些又拉又拽的隱形小手，全都在傳遞同樣的訊息、指著同樣的方向——就是家！啊，此時此刻，他的家一定近在眼前，那個打從他第一次發現大河後就匆匆離去、再也沒見過的老家！現在它正派出偵探和信差來找他，要帶他回去了。鼴鼠自那個風光明媚的早晨離家出走後，就一直沉浸在新生活裡，享受這些日子所帶來的樂趣、驚喜，以及迷人的新鮮體驗；至於老家，他根本連想都沒想過。現在，隨著陳年往事一湧而上，老家就這樣清晰地浮現在黑暗中，佇立在他眼前！他的家雖然破破爛爛，而且幾乎沒什麼家具，又小又簡陋，但那是屬於他的家，是他親手爲自己打造的家，是他在忙了一整天之後開開心心回去的家。這個家顯然也很高興能和他作伴，它很想他、希望他趕快回來；同時它也正透過鼴鼠的鼻子略帶責備、憂傷地向他傾訴，語氣中沒有怨恨、沒有憤怒，只是悲戚地提醒他：家就在這兒，而且很需要他。

這呼聲非常清晰，召喚非常明確。他必須立刻服從，馬上回家。「河鼠！」他滿懷喜悅，興奮地大喊。「等一下！回來！快點，我需要你！」

「哎，走啦，鼴鼠！快來呀！」河鼠開心地回應，兩隻腳仍不斷奮力地往前走。

「河鼠，拜託你停下來！」可憐的鼴鼠苦苦哀求，他的心隱隱作痛。「你不明白！這是我的家，我的老家！我剛剛聞到了它的氣味，離這裡很近，眞的很近。我非回去不可，一定要回去，一定！噢，快回來啊，河鼠！拜託，求求你快回來！」

可是河鼠已經走到前面很遠的地方了，完全聽不清楚鼴鼠在喊什麼，也沒聽出他聲音裡那種尖銳又深刻的痛苦哀求。此時河鼠只一心煩惱天氣，因爲他也聞到了某種氣味——好像快要下雪了。

「鼴鼠，我們不能停下來，眞的不行！」他回頭喊道。「不管你發現了什麼，我們明天再回來看吧。現在我眞的不敢停下來逗留。時間已經很晚了，加上好像又快要下雪，而且這條路我眞的不是很熟！我需要你的鼻子幫忙，鼴鼠，快過來吧，好老弟！」河鼠話一說完，也不等鼴鼠回答，自顧自地繼續往前走。

可憐的鼴鼠孤零零地站在路上，他的心被撕裂了，碎成一片一片；他感覺到體內深處有一大股傷心欲絕的淚水正不斷聚積、飆漲，就快要湧上喉頭，爆發出來了。然而即便面臨這樣嚴峻的考驗，他仍堅守對朋友的忠誠，絲毫沒有動搖。他一刻也沒想過要拋棄他的朋友。

與此同時，從老家傳來的氣味正不斷乞求、輕聲呢喃，施展神祕的魔法召喚他，最後竟然變成蠻橫的要求。鼴鼠不敢在老家的魔力圈內繼續逗留，他猛然扯斷自己的心弦、奮力掙脫，咬緊牙關低頭看著腳下的路，順從地跟著河鼠的足跡往前走。那若隱若現的微妙氣味仍附著在他那逐漸遠去的鼻端，責怪他有了新朋友之後，就忘了老朋友了。

鼴鼠費了好大的工夫才趕上河鼠。河鼠絲毫沒有察覺到鼴鼠的情緒，開始興高采烈地嘰嘰喳喳、天南地北地聊著他們回家後要幹嘛、客廳裡那堆溫暖的柴火令人多麼愉快，還有他晚餐想吃什麼；他完全沒注意到同伴的沉默與憂鬱的心情。不過，當他們長途跋涉了好一段路，經過佇立在路旁矮樹叢邊緣的一些樹墩時，河鼠終於停下腳步，關心地說：「嘿，鼴鼠，老弟，你看起來累壞了，一句話也不說，腳好像綁了鉛塊一樣重得拖不動。我們在這裡坐著休息一下吧。好險雪還沒下，而且我們已經走了一大半路了。」

鼴鼠淒涼地坐在樹墩上，竭盡所能地試圖控制情緒，他覺得自己就快要哭出來了。一路上，他一直努力和悲傷搏鬥，強壓著胸中那股想啜泣的衝動，可是那些淚水偏不聽話、奮力抵抗，硬是一點一點地往上冒，第一滴、第二滴，接著一連串悲苦如泉水般汩汩湧出；鼴鼠終於放棄掙扎，絕望地放聲痛哭。他知道，他已經失去了那個曾經近在咫尺、幾乎就要找到的家。一切都結束了。

河鼠看到鼴鼠突如其來的強烈悲痛和淚水，大吃一驚，有好一陣子都不敢開口說話。最後，他以一種非常平靜、充滿同情的語氣問道：「怎麼了，老弟？發生什麼事了？把你的煩惱說給我聽，看我能不能幫上什麼忙，好嗎？」

可憐的鼴鼠現在完全吐不出半個字，他的胸膛以飛快的速度劇烈起伏，話才到口中，就又被堵了回去，哽在喉嚨裡。「我知道，我的家是個——破爛又骯髒的小地方，」他最後終於一邊嗚嗚啜泣，一邊斷斷續續地說，「不像——不像你的家那麼舒適——也不像蟾蜍莊園那麼漂亮——或是像老獾的房子那麼棒、那麼寬敞，可是它是屬於我自己的小屋——我很喜歡它——我離開以後就把它忘得一乾二淨——剛剛我突然聞到了它的氣味——就在路上，就在我叫你那時候，可是你不理我，河鼠——過去的一切宛如潮水般不斷湧向我——我好想要我的家！——天哪，天哪！——無論我怎麼喊，你就是不回頭，河鼠——雖然我一直聞到它的氣味，但我只能丟下它離開——我的心都要碎了——河鼠，我們本來可以過去看它一眼的——一眼就好——就在附近而已——可是你偏偏不肯回頭，河鼠，你就是不回頭！天哪，天哪！」

回憶再次掀起了一陣悲傷狂濤，鼴鼠又開始抽抽搭搭地哭泣，說不下去了。

河鼠愣在那裡，兩眼直盯著前方，什麼也沒說，只是溫柔地拍拍鼴鼠的肩膀。過了一會兒，他沮喪地喃喃自語：「現在我完全明白了！我眞是隻蠢豬！沒錯——一隻大蠢豬！不折不扣的大蠢豬！」

河鼠靜靜守在一旁，等到鼴鼠的啜泣聲逐漸緩和下來、變得比較有節奏，不再像狂風暴雨般猛烈；又等到鼴鼠開始頻繁地吸鼻子，只間或夾雜著幾聲哽咽，他才從樹墩上站起來，若無其事地說：「好啦，老弟，現在我們最好開始上路啦！」話一說完，他便轉過身，朝著他們辛苦征服的原路走回去。

「河鼠，你要（嗝）去哪裡（嗝）？」淚流滿面的鼴鼠抬起頭來，驚訝地大喊。

「我們要回去找你的家啊，老弟，」河鼠開心地說，「你最好也一起來，畢竟可能要花點力氣才能找到，我們需要借助你的鼻子呀。」

「噢，回來，河鼠，快回來！」鼴鼠急忙站了起來，快步追上去。「我跟你說，沒有用的！來不及了！天色太暗了，那個地方又離我們很遠，而且快要下雪了！再說——再說，我並不是有意要讓你知道我對家有那種感覺——這純粹是意外，是個錯誤！想想河畔，想想你的晚餐！」

「什麼河畔、什麼晚餐，全都見鬼去吧！」河鼠誠心誠意地說。「我跟你說，我非去找你的家不可，就算要在外面待上一整夜也沒關係。所以，老弟，打起精神，抓住我的手，我們很快就會回到那裡的。」

鼴鼠仍一邊吸鼻子，一邊不斷懇求，心不甘情不願地被他那專橫的同伴強拉著往回走。河鼠一路上滔滔不絕、開心地東聊西聊，而且還講了許多有趣的故事，努力提起鼴鼠的情緒和活力，想讓這段乏味又累人的路程走起來感覺短一點。最後，河鼠覺得他們已經逐漸接近稍早「絆住」鼴鼠的地方，於是便開口說：「現在都不要講話，該辦正事了！用你的鼻子，也用你的心找吧。」

他們默默走了一小段路。突然，河鼠感到有一股像是電流般的微弱震顫穿透鼴鼠全身，從他牽著鼴鼠的那隻手臂上傳過來。他馬上放開手，往後退了一步，屏氣凝神地等待著。

那些信號傳過來了！

有那麼一會兒，鼴鼠挺起身子，僵硬地站在原地，翹起的鼻子微微地顫動，仔細嗅著空氣。

接著，他急速往前衝了幾步——不對——停下來——再試一次，隨後便帶著十足的信心，堅定地慢慢往前走。

河鼠懷著興奮的心情緊跟在鼴鼠後頭。鼴鼠就像個夢遊的人一樣，在淡淡的星光下跨過一條乾涸的水溝，鑽過一道樹籬，不停用鼻子嗅著，橫越一片沒有任何小徑、光禿禿的廣闊田野。

突然間，鼴鼠在毫無預警的情況下一頭鑽進地底；幸虧河鼠非常機靈、密切注意著鼴鼠的一舉一動，於是他立刻跟著鑽下去，進入一條地道，讓鼴鼠那敏銳又誠實的鼻子帶領他們繼續往前走。

這條地道又悶又狹窄，有股刺鼻的土腥味。河鼠覺得他們走了很久很久，才終於走到盡頭。他直起腰來，伸展四肢，抖抖身體。鼴鼠劃了一根火柴。河鼠藉著微弱的火光，看到他們站在一塊開闊的空地上，而且地面打掃得非常乾淨，還鋪了一層細沙；正對著他們的就是鼴鼠家那扇小小的前門，門旁邊掛著繫有鈴繩的拉鈴，上面則用華麗的哥德體漆了「鼴鼠小屋」四個字。

鼴鼠俯身向前，從牆上取下一盞掛在釘子上的燈籠，把燈點亮。河鼠環顧四周，發現他們正站在一個像是前院之類的地方。門的一側擺著一張花園座椅，另一側則有個石頭製成的滾筒；因爲鼴鼠在家時非常愛好整潔，無法忍受別的動物在地上亂踢亂踩、留下一道道足跡，最後搞得到處都是小土堆，所以準備了這個滾筒好用來壓平地面。周圍的牆上掛著幾個插有蕨類植物的鐵絲花籃，花籃與花籃之間則用托架隔開，上面擺放著許多石膏像，有義大利的民族英雄加里波底、嬰兒時期的希伯來人先知撒母耳、英國女王維多利亞，以及其他近代的義大利英雄。前院另一邊設有一個可以玩「撞柱遊戲」的球道，球道兩邊擺了幾張長椅和小木桌，桌上有幾個環狀的痕跡，一看就知道是啤酒杯留下來的印子。庭院中間有個圓圓的小池塘，池塘邊緣鑲著一圈鳥蛤貝殼，裡面養了幾隻金魚；池塘中央佇立著一座造型獨特、別出心裁的柱狀裝飾，上面嵌著更多鳥蛤貝殼，杜頂則有一顆很大的銀色玻璃球；映現在玻璃球上的周遭景物看起來全都走了樣，讓人覺得好玩又有趣。

看到這些熟悉又親切的事物，鼴鼠臉上閃閃發光，綻出愉快的笑容。他催著河鼠，要他快點進門，接著點亮門廳的燈，快速掃視了一下他的老家。他看到所有東西都積了一層厚厚的灰，看到這間房子因爲長期被遺忘而展現出來的荒廢與淒涼，看到它狹小又貧乏的空間，還有破破爛爛的擺設——他不禁頹然癱倒在椅子上，將鼻子埋進手心裡。「噢，河鼠！」他沮喪地哭喊。「我爲什麼要這麼做呢？爲什麼要在這樣的夜晚把你帶到這個破舊又寒冷的小地方來？要不是因爲我，你現在應該早就回到河岸，坐在熊熊燃燒的爐火前烤腳，享受所有屬於你的美好事物了！」

河鼠完全不理會鼴鼠這番悲慘的自怨自艾。他東奔西跑，忙著把門打開，查看各個房間與櫥櫃，並點亮小燈和蠟燭，放在各處。「好漂亮的小屋喔！」他開心地大叫。「眞是小巧精緻！設計得眞好！每樣東西都安排得恰到好處！我們一定會度過一個非常棒的夜晚。首先，我們要生一大堆暖烘烘的火，嗯，這交給我，我最會找東西了。看樣子這裡就是客廳對吧？太好了！這些嵌在牆壁上的小床是你自己設計的嗎？好棒喔！現在我負責去拿木柴和煤炭，鼴鼠，你去拿雞毛撢子——廚房桌子的抽屜裡就有一把——然後把灰塵清乾淨、收拾一下。動起來吧，老弟！」

河鼠活力充沛、興致勃勃的模樣讓鼴鼠大受鼓舞。他振作起來，全心全意、努力認真地撢去灰塵，把東西擦得閃閃發亮。與此同時，河鼠跑了一趟又一趟，抱回滿滿的柴火；過了不久，壁爐裡就冒出一團猛烈燃燒的歡快火焰，熾熱地竄上煙囪。河鼠叫鼴鼠過來取取暖，可是鼴鼠又突然陷入另一陣憂鬱，絕望地跌坐在沙發上，把臉埋進雞毛撢子裡。

「河鼠，」他嗚咽著說，「你的晚餐怎麼辦？你這又冷又餓、又累又可憐的動物，我完全沒有東西可以招待你，完全沒有，就連一點麵包屑也沒有！」

「你呀，這點小事就認輸了嗎？」河鼠的語氣流露出一絲責備。「我剛才清清楚楚看到廚房碗櫥上有一把用來開沙丁魚罐頭的開罐器，這就表示屋裡的某個地方一定有沙丁魚罐頭呀。振作一點！打起精神來，跟我一起去找東西吃吧。」

於是他們倆搜遍了小屋裡每一座櫥櫃、翻遍了每一個抽屜，結果雖然不是很理想，但也還算可以。他們找到了一罐沙丁魚、差不多滿滿一盒高級硬餅乾，還有一條包在錫箔紙裡的德國香腸。

「夠你擺一場宴席啦！」河鼠一邊說，一邊把餐桌擺好。「我敢說，有些動物巴不得今天晚上能坐在這兒跟我們一起吃晚餐呢！」

「可是沒有麵包！」鼴鼠哭喪著臉呻吟道。「沒有奶油，沒有——」

「沒有鵝肝醬，沒有香檳！」河鼠咧嘴大笑，揶揄地說。「這倒提醒了我——走廊盡頭那扇小門後面是什麼？當然是你的地窖嘍！等著看吧，你家的好東西都在那兒呢！」

河鼠走進那扇通往地窖的小門，沒多久又走出來，身上還沾了點灰塵，他兩隻爪子各握著一瓶啤酒，兩邊手臂下方也各夾了一瓶。「看樣子你還眞是個懂得享受的傢伙呢，鼴鼠！」他說。「你家應有盡有嘛！這眞是我這輩子看過最棒的小地方了！欸，這些印花壁紙是哪兒弄來的？上面的圖案讓這個地方看起來更有家的感覺呢，眞的。難怪你會這麼喜歡這裡，鼴鼠。把小屋的故事說給我聽聽吧，你是怎麼把它布置成現在這個樣子的？」

於是，在河鼠忙著拿盤子、擺刀叉，用蛋杯調芥末醬時，鼴鼠便開始談他的小屋了。因爲剛才所受到的情感衝擊還沒有完全消失，所以他的胸口還是不斷起起伏伏。起先他還有點害羞，後來越講越起勁，也更無拘無束了。他談到這個是怎麼計畫的；那個是怎麼想出來的；這個是從某個阿姨那裡意外得到的；那個是某次驚喜發現、物超所值的便宜貨；還有這樣東西是靠勒緊褲腰帶省吃儉用、辛苦賺錢買來的。說著說著，他的心情總算好了起來，忍不住用手輕撫那些屬於他的珍貴私藏。他提著燈，鉅細靡遺地向客人介紹每樣東西的特點，完全忘了他們倆都急著想吃晚餐。河鼠餓得要命，卻還是努力裝出一副若無其事的樣子，一邊認眞地點著頭、一邊皺起眉頭仔細端詳，並在遇到可以下評語的機會時說些像是「太棒了」、「眞了不起」之類的話。

最後河鼠好不容易把鼴鼠哄到餐桌旁，拿起開罐器，正要打開沙丁魚罐頭時，前院裡突然傳來一陣聲響，像是幾隻小腳丫在鋪滿砂礫的地面上亂踏，其中還夾雜著一些七嘴八舌、聽不太清楚的說話聲。那些說話聲斷斷續續地傳進他們耳裡──「好，現在大家排成一排──湯米，把燈籠舉高一點──先清清你們的喉嚨──等我數完一、二、三之後就不准咳嗽──小比爾在哪裡？快過來這邊站好，快點，我們都在等你呢──」

「怎麼啦？」河鼠停下手邊的事情問道。

「我猜一定是田鼠來了，」鼴鼠露出引以爲傲的神色。「每年這個時候，他們總會按照慣例挨家挨戶地報佳音、唱聖誕頌歌。他們是這一帶非常知名的合唱團喔！而且他們從來沒有略過我家，最後總是會來到鼴鼠小屋。我以前都會給他們一些熱飲料喝，有時如果我負擔得起，還會請他們吃晚餐。聽到他們唱歌，就好像回到過去的時光一樣。」

「那我們去看看吧！」河鼠放聲大喊，跳起來往門口跑去。

他們猛地把門打開，一幅美麗動人、合乎時宜的節慶景象瞬間映入眼簾。一盞牛角燈散發出幽微的光芒，點亮了前院；大概有八隻或十隻小田鼠站成一個半圓，每個人脖子上都圍著毛料精緻、又厚又軟的紅圍巾，前爪深深插進口袋裡，不斷輕跺著腳取暖。他們圓滾滾的小眼珠亮晶晶的，靦腆地互相交換一下眼神、竊笑了幾聲，然後又吸吸鼻子，不斷用大衣的袖子去擦鼻水。門打開的時候，其中一隻提著燈籠、年紀比較大的田鼠剛好喊了一聲：「預備，一、二、三！」緊接著，那些尖細的小嗓門便唱了起來，歌聲直上天際。他們唱的是一首非常古老的聖誕頌歌，是他們的祖先在覆蓋著冰霜的休耕地裡，或是大雪紛飛、天寒地凍的爐邊創作的，之後就一代代留傳了下來。每逢聖誕佳節，田鼠們就會站在泥濘的街道上，對著燈火通明的窗戶唱這些聖詩，把祝福分享給大家。

聖誕頌歌

村民們，在這天寒地凍的時節，

請敞開你們的家門，

讓我們在溫暖的爐邊稍歇；
縱使寒風吹、雪花飄，
屬於你們的喜悅就在明朝！

我們佇立在冰霜雨雪裡，
跺著小腳跟，朝手指呵氣，
遠道而來祝福你——
你們坐在火旁，我們站在街心——
願你明朝喜悅滿盈。

夜色深沉，夜已將盡，
突現一顆明星指引我們前行，
天降福祉與好運——
明日得福，年年得福，
朝朝喜悅滿盈！

善人約瑟在雪中跋涉，
遙見馬廄上空低掛新星一顆；
瑪利亞或許無須再向前行——
茅屋、乾草，熱烈歡迎！
賜她明朝喜悅滿盈！

他們聽見天使的聲音，
「是誰率先歡慶聖誕佳音？」
是所有動物喜迎耶穌降臨，
因爲牠們全住在馬廄裡！
願牠們明朝喜悅滿盈！

歌聲停止了，小歌手們忸怩不安地笑著，互相斜眼瞥了對方幾眼，然後陷入一片沉默（但只有一下下而已）。接著，一陣幽微、悅耳的聲音嗡嗡地從遙遠的上空飄來，鑽進他們剛剛走過的隧道，傳入他們的耳朵裡。原來是遠方的鐘聲響起，正在叮叮噹噹地演奏充滿歡樂和喜悅的樂音。

「唱得太好了，孩子們！」河鼠熱情地大聲嚷嚷。「現在你們全都快點進來吧，烤烤火、暖暖身子，吃點熱呼呼的東西！」

「對對對，快進來吧，小田鼠。」鼴鼠熱切地招呼。「這簡直就跟從前那些老日子一模一樣！哎，請順手把門關上。把那張長椅挪到爐火旁邊。現在請稍等一下，我們——欸，河鼠！」他絕望地大喊，撲通一聲跌坐在椅子上，眼淚都快掉下來了。「我們到底在幹嘛啊？家裡根本就沒有東西可以招待他們呀！」

「這個呀，包在我身上！」河鼠泰然自若地說。「欸，提燈籠的那個小弟弟！你過來，我有事情要問你。告訴我，現在這個時候還有店家開門嗎？」

「當然有，先生，」小田鼠恭恭敬敬地回答，「每年這個時候，我們的店鋪都是通宵營業的。」

「那好！」河鼠說。「你馬上提著燈籠去幫我買——」

他們倆低聲嘀咕了一陣，鼴鼠只零星聽到幾句像是：「記住，一定要新鮮的！……不，一磅就夠了……看看有沒有伯金斯牌的，別家的我都不要……不，只要最好的……如果那間店沒賣，就換別間試試……對，當然了，一定要手工現做的，不要罐頭喔……好了，你盡力就好！」最後，只聽見一陣金幣在爪子間傳遞的叮噹聲，那隻小田鼠便拿著一個超大的購物籃，提著燈籠匆匆離開，一溜煙就不見了。

其他田鼠在長椅上坐成一排，搆不到地的小腳懸在那兒晃來晃去，盡情享受爐火帶來的溫暖，熱熱的火苗烤得他們身上的凍瘡直發癢。鼴鼠試著想讓小田鼠們放輕鬆、大家一起聊聊天，但沒有成功，於是他就決定問問他們家裡的事；他要他們一個個報出自己還有哪些兄弟、叫什麼名字，結果發現他們的弟弟多得不得了，不過看來因爲年紀太小，所以今年還不能出來唱聖誕頌歌，但他們都很期待能趕快得到爸媽允許，跟著哥哥一起出門。

與此同時，河鼠正忙著仔細查看啤酒瓶上的商標。「我想這應該是老伯頓牌的啤酒，」他讚許地說，「鼴鼠你眞識貨！這可是道地的好酒呢！現在我們可以來調點香料熱甜酒了！快去把東西準備好，鼴鼠，我來拔瓶塞。」

甜酒很快就調好了，他們把裝著酒的錫壺伸到燒得豔紅的爐火裡加熱；過沒多久，所有小田鼠就都啜著甜酒、嗆到咳嗽（因爲只要一點點熱甜酒，後勁就很大了），邊擦眼淚邊笑，忘卻了他們這輩子曾感受過的寒冷。

「這些小傢伙還會演戲呢！」鼴鼠對河鼠說。「那些劇本全是他們自編、自導、自演的，而且演得很棒喔！去年他們演了一齣很精采的話劇，故事是說，有隻田鼠在海上被一名野蠻的北非海盜抓走，逼他在由奴隸和罪犯負責划槳的大帆船上划船；後來田鼠逃了出來，再度回到家鄉，卻發現他心愛的女孩進了修道院當修女。欸，你！你有演那齣話劇啊，我記得。站起來朗誦幾句給我們聽吧。」

那隻被點名的小田鼠站了起來，害羞地咯咯笑著，然後看了一下房間四周，完全說不出話來。他的同伴紛紛替他加油打氣，鼴鼠也半哄半勸，一直鼓勵他，河鼠甚至還抓著他的肩膀使勁搖晃，可是還是沒用，那隻小田鼠依舊克服不了怯場的毛病。他們全都圍繞在他身邊，就像一大群水手依照皇家人道協會（Royal Humane Society）的規範去搶救一個長時間溺水的人一樣，費盡心思，拚命地想讓他開口；就在這個時候，門閂「咯噠」一聲彈開了，那隻提著燈籠的小田鼠再次出現在門後方。他扛著沉甸甸的購物籃，踉踉蹌蹌地走了進來。

等到籃子裡那些食物全都一股腦兒地倒在桌面上時，就再也沒人提起演戲的事了。在河鼠的指揮安排下，大家不是去做某件事、就是去拿某樣東西，每個人都有自己的任務要完成。短短幾分鐘，晚餐就準備好了。鼴鼠坐在主人的位置，感覺自己好像在做夢似的。看到剛才還是空蕩蕩的桌面，現在已經擺滿了豐富美味的佳餚；看到他那些小朋友臉上笑容滿溢、閃著快樂的光芒，迫不及待開動的樣子，他也顧不得禮貌，立刻動手大吃起來（說眞的，他這時候也已經餓到不想管禮貌了），盡情享受這些彷彿是用魔法變出來的食物。他開心地想，這次回家的結果最後竟然這麼幸福、這麼圓滿。他們邊吃邊聊，談些過往的老時光，小田鼠們還告訴鼴鼠最近發生的當地新聞，竭盡所能地回答他提出的上百個問題；河鼠幾乎沒說什麼話，只是仔細地照顧好每一位客人，看他們想要什麼、吃得夠不夠，好讓鼴鼠不用爲任何事煩心。

晚餐終於吃完了。小田鼠們非常感激，說了很多和節慶有關的祝福，然後就帶著滿口袋給弟弟妹妹的禮物，嘰嘰喳喳地走了。等到最後一位小客人離開、關上門，燈籠的叮噹聲逐漸遠去之後，鼴鼠和河鼠便將壁爐裡的火撥旺、把椅子拉近，熱了最後一杯睡前甜酒，討論這漫長的一天裡所發生的事。最後，河鼠打了一個大哈欠說：「鼴鼠，老弟，我累得要命，準備躺平了。光是『想睡』這兩個字還不足以形容我的感受。你的床在那邊是吧？好，那我就睡這張。這間小屋的設計太巧妙了！什麼都很方便耶！」

話一說完，河鼠便爬上床，用毯子緊緊裹住身體，墜入了沉沉的夢鄉，就好像一束大麥落入收割機的懷抱一樣。

疲憊的鼴鼠也巴不得趕快去睡。他立刻上床，一頭倒在枕頭上，心裡覺得好快樂、好滿足。不過，他在閉上眼睛前，還環視了一下這間老房間。在爐火的照耀下，房間看起來變得好溫煦、好柔和。閃爍的火光灑在那些他所熟悉的親切事物上，這些東西早就在不知不覺中成爲他的一部分了，現在它們全都毫無怨言、笑咪咪地歡迎他回家。河鼠以巧妙的方法悄悄灌輸給他的思想和心境，此刻正在他內心深處扎根、茁壯。他清楚地看到，雖然他的家這麼簡陋、這麼平凡，甚至這麼狹小，但他同時也知道，這一切對他來說有多麼重要，「家」在生命中的價值有多特殊、多珍貴。他並不打算拋棄他的新生活和那片明朗開闊的天地，也不打算離開溫暖的陽光、清新的空氣，以及它們所帶來的一切美好，然後爬回地下、待在家裡；地面世界的吸引力太強大了，就算是在地底，那股魔力仍不斷召喚著他。他知道，他必須回到那個更寬廣、更遼闊的舞臺。不過，想到有這樣一個屬於自己的小地方可以回來，而且有這麼多東西會很高興看到他，永遠以同樣的熱情和溫暖歡迎他，他就覺得很開心、很安慰。

6 蟾蜍先生

這是一個陽光燦爛、晴朗明快的初夏早晨。河岸已經重新恢復原貌，河水也以平常的速度潺潺奔流，暖烘烘的太陽彷彿用細線把一切青翠、繁茂又尖細的生命往自己的方向拉、拽出地面。天才剛破曉，鼴鼠和河鼠就立刻起床，忙著爲即將來臨的划船季準備，像是油漆船身啦、調整槳葉啦、縫補坐墊啦、尋找遺失的船鉤啦等等。正當他們坐在小客廳裡吃早餐，熱烈討論今天的計畫時，突然傳來一陣重重的敲門聲。

「麻煩一下！」河鼠嘴裡塞滿了雞蛋，含糊不清地說。「鼴鼠，好老弟，你已經吃完了，去看看是誰來了。」

鼴鼠起身去應門。河鼠聽見他驚呼了一聲。鼴鼠猛然打開客廳的門，鄭重地宣布：「獾先生來了！」

這確實是一件很不尋常的事，老獾竟然會親自登門拜訪他們——應該說，拜訪任何人。

一般來說，如果你急著想見老獾，就必須趁他在清晨或黃昏、偷偷從樹籬邊溜過去時逮住他，或是到位於森林深處的獾公館去找他（但去森林可是件非同小可的事）。

老獾邁開雙腿、腳步沉重地走進房間，然後站定不動，神情嚴肅地看著河鼠和鼴鼠。河鼠嘴巴張得大大的，手裡用來吃蛋的湯匙瞬間滑落，「咚」一聲掉在桌布上。

「是時候了！」一臉莊嚴肅穆的老獾終於開口。

「什麼時候？」河鼠朝壁爐上的鐘瞥了一眼，不安地問道。

「你應該要問，是『誰』的時候。」老獾說。「哎，是蟾蜍啊！我說過，冬天一結束，我就要好好管教他一下。今天我就是來管教他的！」

「喔，蟾蜍啊，當然啦！」鼴鼠高興地大喊。「對耶！我想起來了！我們要讓他變成一隻明理又懂事的蟾蜍！」

「昨晚我從一個可靠的消息來源那邊聽到，」老獾在一張扶手椅上坐下，繼續說，「今天早上，會有另一輛馬力特別強大的新車開到蟾蜍莊園，請他看貨，決定要不要買。我看哪，蟾蜍這時候說不定已經在忙著穿戴那些他心愛的、奇醜無比的服裝了。他本來長得還不算難看，但一套上那些衣服，馬上就會變成怪物；任何體面善良、頭腦清醒的動物只要一看到他，絕對都會嚇到昏倒。我們得趕快行動，要不然就來不及了。你們兩個馬上陪我去蟾蜍莊園，我們一定要拯救他才行。」

「你說得對！」河鼠跳起來大叫。「我們要去拯救那隻不快樂的可憐蟲！我們要幫助他改頭換面，讓他變成最明理、最懂事的蟾蜍！不然我們就眞的得跟他一刀兩斷了！」

這三隻動物浩浩蕩蕩地出發，一起去執行他們的好心任務。老獾走在前方領路，河鼠和鼴鼠則跟在他後面。動物們在結伴同行時，總是會採取一種適當且合理的走法，也就是排成一直線，而不是毫無秩序地散開來走；因爲大家如果零零散散地各走各的，萬一突然遇上什麼危險或麻煩，就不能互相支援照顧了。

正如老獾所料，他們抵達蟾蜍莊園的馬車道時，就看見房子前方停著一輛閃閃發亮、漆成鮮紅色（這是蟾蜍最喜歡的顏色）的大型汽車。他們繼續往前走到門口，這時，大門猛然敞開，蟾蜍先生從裡面走了出來。他頭戴鴨舌帽和護目鏡，腳上穿著綁腿式的長筒靴，身上套了一件特大號的長大衣，正一邊戴上長手套，一邊大搖大擺、神氣活現地走下臺階。

「嗨！朋友們，快過來！」蟾蜍一看到他們，立刻興高采烈地大喊。「你們來得正是時候，跟我一起去痛快——痛——呃——痛快地——」

蟾蜍注意到眼前這幾位朋友全都繃著臉、沉默不語，他那充滿熱情的語調也開始結結巴巴、越變越小聲，就連原先想提出的邀請都說不下去了。

老獾大步走上臺階。「把他帶進去。」他語氣嚴厲地吩咐兩位同伴。蟾蜍拚命掙扎、高聲抗議，最後還是被推進門裡。老獾轉過身，對那位駕駛新車的司機說：「今天恐怕是不需要你了。蟾蜍先生已經改變心意，不買這輛車了。請你明白這是最終的決定。你請回吧，不用再等了。」話一說完，他就跟著其他人走進屋裡，關上大門。

四隻動物全都站在門廳裡。「現在，」老獾對蟾蜍說，「先把你這身可笑的衣服脫掉！」

「不脫！」蟾蜍氣沖沖地說。「這種蠻橫的行爲——你們到底是在發什麼瘋？給我立刻解釋清楚！」

「那好，你們兩個，替他脫。」老獾簡單扼要地命令道。

蟾蜍不停大聲叫罵、猛踹猛踢，他們不得不把他壓在地上，才有辦法幫他脫衣服。河鼠負責坐在他身上，鼴鼠則一件一件地脫下他的駕駛服，然後才讓他站起來。隨著身上那些精緻高檔的裝備被剝掉，蟾蜍那盛氣凌人、不可一世的態度也消失了大半。現在他只不過是一隻蟾蜍，不再是「公路凶神」了。他無力地咯咯笑著，用求饒的眼神看看這位、又看看那位，似乎很明白自己的處境。

「蟾蜍，我想你應該也很清楚，早晚會有這一天的。」老獾厲聲說道。「我們勸過你那麼多次，你完全當耳邊風。你不斷揮霍你父親留下來的財產，絲毫不知節制；你瘋狂亂開車，到處橫衝直撞，三不五時就跟警察發生爭執，我們動物在這一區的名聲全被你敗壞了。獨立自主固然是件好事，但總有個限度，而你已經徹底越界了。我們動物絕不會放任朋友把自己變成傻瓜。聽著，就很多方面來看，你都是個很好的人，我不想對你太苛刻，這樣對你來說不太公平。所以我會再努力一次，讓你恢復理性。你跟我到吸菸室來，聽我細數你的所作所爲。我們再看看，等你從吸菸室出來後是不是依然故我。」

老獾緊抓住蟾蜍的手臂，把他帶進了吸菸室，關上門。

「這簡直是白費力氣嘛！」河鼠不屑地說。「跟蟾蜍講道理是沒用的，他只會滿口答應，事後依舊我行我素。」

河鼠和鼴鼠兩人舒舒服服地坐在扶手椅上，耐心地等待結果出爐。講話聲透過緊閉的門隱隱約約地傳出來。他們只聽見老獾低沉的嗓音像浪濤般一會兒高、一會兒低，雄辯滔滔地說個不停；過沒多久，他們注意到老獾的訓話聲不時被長長的啜泣聲打斷，那嗚咽顯然是從蟾蜍胸膛裡發出來的。蟾蜍是隻心腸軟又重感情的動物，很容易被各種觀點打動、改變想法——不過都是暫時的。

約莫過了四十五分鐘，吸菸室的門開了，老獾嚴肅地牽著軟弱無力、垂頭喪氣的蟾蜍走出來。蟾蜍的皮膚像口袋般鬆垮垮地垂掛在身上，雙腿搖搖晃晃、不停顫抖；他被老獾那番感人肺腑的諄諄教誨打動了，臉頰上掛著滿滿的淚痕。

「蟾蜍，坐著吧。」老獾指著一張椅子，親切地說。「親愛的朋友，現在我能很開心地告訴你們，蟾蜍終於意識到他的做法是錯的。他對自己過去的越軌行為由衷感到抱歉、也很難過。他鄭重地向我保證，從今以後再也不玩汽車了。」

「這眞是個好消息。」鼴鼠非常認眞地說。

「確實是個好消息，」河鼠語帶懷疑地附和，「只要……只要……」

他一邊說，一邊緊盯著蟾蜍。他覺得自己彷彿看到蟾蜍充滿悲傷的眼睛裡，好像有什麼東西微微地閃了一下。

「現在還有最後一件事要做。」倍感欣慰的老獾接著說。「蟾蜍，我要你當著這兩位朋友的面，把你剛才在吸菸室裡答應過我的話，嚴肅、認眞地重複一遍。第一，你對過去的行為感到抱歉，意識到那全是愚蠢的胡鬧，對不對？」

一陣長時間的沉默隨之而來。蟾蜍絕望地左顧右盼，另外三隻動物全都一臉嚴肅、安靜地等待。最後，蟾蜍終於開口了。

「不！」他的聲音聽起來悶悶不樂，但卻非常堅決。「我才不覺得抱歉。那完全不是什麼愚蠢的胡鬧，而是了不起的光榮之舉！」

「什麼？」老獾大爲震驚，覺得自己的臉都被丟光了。「你這出爾反爾、說話不算話的傢伙！你剛才在那裡不是告訴我——」

「喔，對啦，對啦，在『那裡』，」蟾蜍不耐煩地說，「在那裡，我什麼都說得出口。親愛的老獾，你能言善道，又那麼感人、那麼有說服力，把你的觀點說得頭頭是道。在那裡，你可以任意擺布我，想怎麼做都沒關係，這點你很清楚。可是之後我左思右想，把以前做過的事仔細思考一遍，才發現我一點也不抱歉，而且完全不後悔，眞的。所以現在要我說『我很抱歉』根本沒意義，不是嗎？」

「那你的意思是，」老獾說，「你也不打算答應我們永遠不再碰汽車了？」

「當然啊！」蟾蜍毫不猶豫地回答。「而且正好相反。我誠心誠意地答應你們，我會跳上我看到的第一輛汽車，然後叭——叭！快速開走！」

「你看，我就說吧。」河鼠對鼴鼠說。

「很好。」老獾非常堅決，語氣中透出一絲強硬。「既然你不聽勸，那我們就只好試試強制的手段了。我一直很擔心最後會走到這一步。蟾蜍，你不是常邀請我們三個來你這棟漂亮的房子、跟你一起住嗎？好，現在我們就恭敬不如從命。等到哪天我們終於改變你的想法，讓你變成明理又懂事的蟾蜍後，我們才會離開，否則絕不會走。你們兩個先把他帶到樓上，鎖在臥室裡，然後我們再來討論一下對策。」

蟾蜍又踢又踹，掙扎著被這兩位忠誠的朋友拖上樓。「小蟾，你要知道，這都是為你好。」河鼠溫和地說。「你想想，等你──等你擺脫這場突然發作的狂熱病，熬過這次痛苦的打擊後，我們四個就能像以前一樣開心地一起玩了！」

「蟾蜍，在你恢復狀態之前，我們會幫你照顧好一切的。」鼴鼠說。「我們不會再讓你像以前一樣亂花錢了。」

「再也不會跟警察發生衝突，還要拚命道歉了。」河鼠說。他們倆把蟾蜍推進臥室。

「而且再也不用因為受傷住院好幾個星期，任由那些護士擺布了，蟾蜍。」鼴鼠補充一句，鎖上了房門。

蟾蜍對著鑰匙孔高聲叫罵。他們走下樓和老獾會合，三個好朋友開始開會、討論因應的方法。

「情況非常棘手。」老獾嘆了口氣。「我從來沒看過蟾蜍這麼堅決、這麼死心眼。不過我們一定要堅持到底，每分每秒都不能放鬆，絕對要嚴加看管。我們必須輪流值班守在他身邊，直到他身上的狂熱病毒自行消失為止。」

於是他們安排了值班表。大家不但晚上都會輪流睡在蟾蜍的房間裡，白天也會分段值班。剛開始，蟾蜍總是拚命搗亂，想盡辦法對付這些小心謹慎的守衛。每當他的狂熱病一發作，他就會把房間裡的椅子胡亂擺成一輛汽車的樣子，自己則蹲在椅子最前面，身子前傾，兩眼緊盯著前方，嘴裡不斷發出詭異又可怕的怪聲；一旦狂熱病達到最高點，他就會翻一個大筋斗，臉朝下地趴在東倒西歪的椅子堆中間，顯然暫時得到了極大的滿足。然而，隨著時光流轉，日子一天天過去，這種癮頭發作的痛苦狀況逐漸減少。蟾蜍的朋友們千方百計想引導他，讓他把心思轉移到別的方面，可是其他事物似乎完全無法燃起他的興趣。他很明顯變得越來越無精打采，整天鬱鬱寡歡。

某個晴朗的早晨，輪到河鼠值班。他走上樓準備跟老獾交接。老獾急著要走，好去森林裡散散步、舒展一下筋骨，順便回他的地洞裡看看。他在門外對河鼠說：「蟾蜍還沒起床。他只是一直說些像是『噢，別管我，我什麼都不要，或許過陣子就會好了，別太擔心我』之類的，沒辦法從他嘴裡套出什麼話。對了，河鼠，你可要小心一點！每當蟾蜍裝出一副主日學校裡得獎的好學生模樣，變得安靜又柔順的時候，也就是他最陰險狡猾的時候。他肯定會要什麼鬼花樣的。我太了解他了。好啦，我該走了。」

「嘿，老兄，今天過得還好嗎？」河鼠走到蟾蜍床邊，口氣愉快地問道。

沒有回應。河鼠等了好幾分鐘，才聽到蟾蜍有氣無力地說：「太感謝你了，親愛的河鼠！謝謝你的問候，你人眞好！先告訴我，你好嗎？還有，優秀的鼴鼠老兄好嗎？」

「喔，我們都很好啊。」河鼠回答，接著又漫不經心地加上一句：「鼴鼠和老獾一起出去走走了，要到午餐時間才會回來。所以今天早上就剩我們兩個啦！我們會一起度過一個愉快的上午，我會盡力逗你開心的。現在，好傢伙，快跳下床吧！天氣這麼好，別愁眉苦臉地躺在那兒啦！」

「親愛的、善良的河鼠，」蟾蜍低聲咕噥著，「你太不了解我的情況了，我現在怎麼可能『跳下床』呢？恐怕永遠都不可能了！不過請不要擔心我。我最討厭拖累我的好朋友，而且我不想再成爲你們的負擔了。眞的，我眞的不想。」

「嗯，我也希望是這樣。」河鼠眞心地說。「你一直以來都是我們的好兄弟，聽到你這麼說我眞的很高興。現在天氣這麼好，而且划船的季節又要到了……蟾蜍，你眞的很糟糕！我們倒不是嫌你給我們添麻煩，只是你這樣眞的害大家錯過很多好玩的事。」

「我看你們還是嫌我添麻煩吧。」蟾蜍無精打采地說。「我清楚得很。這是當然的事。你們已經懶得爲我操心了。我以後不會再麻煩你們幫我什麼忙了。我知道，我是個累贅。」

「你的確是個累贅。」河鼠附和道。「不過我告訴你，只要你能變成一隻明理又懂事的動物，不管有多麻煩，我都不怕。」

「既然這樣，河鼠，」蟾蜍以前所未有的虛弱嗓音小聲地說，「我求你——也許這是最後一次——盡快到村子裡——也許現在已經太遲了——請醫生來好嗎？唉，算了，你還是別擔心了。畢竟這只是給你添麻煩而已。或許我們還是聽天由命吧。」

「怎麼啦？你找醫生要幹嘛？」河鼠問。他湊上去仔細觀察蟾蜍。蟾蜍確實靜靜地平躺在床上，一動也不動，不僅聲音越來越微弱，就連神態也改變很多。

「你最近一定有注意到——」蟾蜍低聲細語。「啊不，你怎麼會注意到呢？那只會給你添麻煩罷了。或許明天你就會對自己說：『唉，要是我早點注意到就好了！要是我有採取行動就好了！』但是——算了，你不用管，因爲這只會給你添麻煩。沒關係，就當我沒問吧。」

「聽著，老朋友，」河鼠開始擔憂起來。「如果你眞的需要，我當然會去幫你請醫生。可是你現在看起來還沒糟到那個地步呀。我們還是聊點別的吧。」

「我親愛的老友，」蟾蜍臉上露出一絲哀傷的笑容。「照我這種病況來看，『聊聊』其實沒什麼用處——就算醫生來恐怕也無能爲力了。不過，就像溺水的人一樣，就算是根稻草也非緊緊抓住不可。還有，既然你打算去請醫生，那能不能順便也把律師找來？我眞的很討厭一再給你添麻煩，只是我突然想到，你會經過律師家門口，這樣對我來說方便多了。畢竟有的時候——或許我應該說這個時候——人總會油盡燈枯，無論結局有多不愉快，該面對的還是得面對才行。」

「還要請律師！哎呀，他一定病得很嚴重！」驚慌失措的河鼠一邊自言自語，一邊快步跑出房間。雖然他很急，但還是記得要小心地把門鎖好。

他走到屋外，停下腳步，仔細想了一下。老獾和鼴鼠都在很遠的地方，他一時之間也找不到人來商量。

「還是保險一點比較好。」他思考了一會兒，終於下了結論。「雖然蟾蜍以前也常無緣無故說自己病得要命，可是從來沒聽過他要請律師啊！要是沒什麼大事，醫生自然會告訴他，他的身體好得很，順便替他打打氣，倒也是有所收穫。我最好還是順著他的意思跑一趟吧，不會花太多時間的。」於是河鼠便懷著這項仁慈又善良的使命跑出蟾蜍莊園，直奔村莊。

一聽見河鼠用鑰匙鎖門的聲音，蟾蜍立刻輕輕地跳下床，跑到窗戶旁邊，急切地望著河鼠，直到他小小的身影消失在車道另一端爲止。蟾蜍開心地哈哈大笑，火速穿上當時隨手抓到的最帥氣的衣裳，並從梳妝檯的小抽屜裡拿出一堆現金，把全身上下所有口袋塞得滿滿的。接著，他把床單一條一條地打結，當成繩子，再把繩子其中一端牢牢繫在窗戶中央的直式窗櫺上（這扇窗戶是美麗的都鐸式風格，可說是他臥室的裝潢特色之一），然後爬出窗口，順著繩子輕盈地滑落到地面。他開心地吹著口哨，邁開大步，輕鬆地往河鼠的反方向走去。

河鼠吃了一頓沮喪又陰鬱的午餐。老獾和鼴鼠回來時，他不得不在餐桌上告訴他們這件令人難堪又難以置信的慘痛經歷。老獾那刻薄甚至殘忍的批評可想而知，不必再多加描述；但就連一直以來竭力站在朋友這邊的鼴鼠也忍不住說：「河鼠，你這次眞的有點糊塗！蟾蜍更不用說，簡直笨到家了！」這番話深深刺傷了河鼠的心。

「他太會騙人，演得太像了。」河鼠垂頭喪氣地說。

「他是太會騙你！」老獾激動地插嘴。「算了，說再多也於事無補。想也知道，他現在一定跑到很遠的地方，消失得無影無蹤了。最糟糕的是，我怕他會自作聰明、自以爲了不起，然後做出更多蠢事。唯一値得安慰的是，我們現在自由了，不必再浪費寶貴的時間守著他了。不過我們最好還是繼續留在蟾蜍莊園裡，多住幾天再說。他隨時都有可能回來——不是被擔架抬回來，就是被兩個警察押回來。」

話雖如此，但老獾心裡其實並不清楚蟾蜍在打什麼主意，也無法預知未來的吉凶禍福，更不知道蟾蜍要過多久、經歷多少風霜磨難，才能平安回到這棟美麗的祖傳莊園。

與此同時，毫無責任感的蟾蜍正踩著輕快的腳步，無憂無慮地沿著公路前進。他已經離家好幾哩了。一開始他因爲擔心被追上，所以專挑小路走，而且還換了好幾次路線，可是現在他覺得自己似乎已經擺脫了被抓回去的危險，暖和的太陽對他露出燦爛的微笑，整個大自然正齊聲合唱、讚美著他內心所唱的那首頌揚自我的歌。他好得意、好滿足，幾乎一路上都在跳舞。

「做得太漂亮了！」他一邊咯咯輕笑，一邊自言自語。「以智力來對抗暴力——智力最終還是占了上風——這是當然的嘛。哎，可憐的河鼠！搞不好等老獾回來之後，他還弄不清楚是怎麼回事呢！河鼠的確是個好人，優點也不少，可惜就是沒受過什麼教育、缺乏智慧。哪一天我一定要把他拉到我這邊，親自培養一下，看能不能調教出什麼可造之材。」

蟾蜍腦子裡塞滿了狂妄自大的念頭，下巴翹得高高的，昂首闊步地往前走。他走進一座小鎮，在路上晃了一會兒，看見主街中央懸著一塊搖搖晃晃的招牌，上面寫著「紅獅小館」，這才想起自己今天還沒吃早餐，而且走了這麼遠的路，肚子早就餓扁了。於是他大步走進紅獅小館，點了一份店裡最好、又能快速上菜的午餐，坐在咖啡廳裡吃了起來。

吃到一半的時候，街上突然傳來一陣非常耳熟的聲音。蟾蜍嚇了一跳，開始全身顫抖。「叭！叭！」聲越來越近，一聽就知道那輛汽車已經轉進紅獅小館的院子裡，停了下來。他緊緊抓住桌腳，試圖掩蓋內心那股波濤洶湧、難以控制的衝動。車上那群人開開心心地走進咖啡廳。他們一邊狼吞虎嚥地用餐，一邊嘰嘰喳喳地討論當天上午的經歷，以及外頭那輛汽車的優秀性能。蟾蜍滿懷渴望，熱切地豎起耳朵聽了一會兒，最後終於按捺不住了。他悄悄溜出咖啡廳，在櫃檯付了帳，一踏出屋外，就偷偷繞到前院。「我只是去看一下，」他自言自語地說，「看一下也不會怎樣。」

那輛汽車就停在前院中央，因爲馬廄管理員和其他總是逢迎巴結的隨從都進去吃飯了，所以無人看管。蟾蜍繞著車子慢慢踱步，仔細打量、品評，隨即陷入沉思。

「不知道……」他突然問自己。「不知道這種車子好不好發動？」

他自己也搞不清楚怎麼回事，只知道一眨眼，他就已經握住車門把手、轉了一下。一聽見那熟悉的聲響，從前那股狂熱立刻如潮水般來襲，完全主宰了他的身心靈。他覺得自己好像在做夢一樣，不知不覺地坐上了駕駛座；好像在做夢一樣，恍恍惚惚地拉了排檔桿，開車在院子裡兜了一圈，然後駛出拱廊；好像在做夢一樣，把一切是非對錯、一切恐懼擔憂，全都暫時拋諸腦後。他猛踩油門，加快車速，汽車衝過街道，穿過曠野，躍上公路。此時此刻，他忘卻了所有，只知道自己又變成了蟾蜍，最強最棒、無人能出其右的蟾蜍，公路凶神蟾蜍，大道上的征服者，小路上的君王；在他面前，人人都得讓路，否則就會被輾得粉碎，墜入無盡的黑暗深淵。他一邊馳騁，一邊吟唱；汽車也隆隆低鳴，應和著他的歌聲。車輪吞噬了一哩又一哩的路，他盡情飛馳，不知畏縮為何物，只是單純聽任本能、滿足天性，徹底活在當下，完全不在意接下來可能會發生什麼事、面臨什麼後果。

「依我看，」首席法官興致勃勃地評論道，「這件案子情節非常清楚，並不難處理。唯一的難題是，要怎麼樣才能讓這個瑟縮在被告席上的惡棍，這個無可救藥、不知悔改的流氓學到教訓，而且不敢再犯。我想想——他有罪，這點證據確鑿。第一，偷竊一輛價值不菲的汽車；第二，胡亂開車導致公共危險；第三，侮辱執法的警察。書記官，請你告訴我們，以他所犯的這三條罪來論刑，每一條可判處的最重刑罰是什麼？當然，該位犯人並沒有任何假定無罪的可能，因為根本沒有這種可能。」

書記官用筆尖搔搔鼻子，然後說：「有些人會認為偷車是最糟糕的罪，這點無可否認。不過，侮辱執法警察，無疑應該受到最嚴厲的懲罰，而且理當如此。以他所犯的偷竊罪來說，應判處十二個月監禁，這已經算很輕了；瘋狂駕車所導致的公共危險罪，應判處三年監禁，這也還算仁慈；至於侮辱警察，則可判處他十五年監禁，因為根據證人的證詞，他的行為非常惡劣，哪怕你只相信十分之一的證詞——我自己是從來不相信超過十分之一啦——他的罪行也已經夠嚴重了。三項加在一起，沒錯的話，總共是十九年——」

「很好！」首席法官說。

「——您不如乾脆湊個整數，二十年，這樣更保險。」書記官下了結論。

「這個建議太好了！」首席法官嘉許地說。「犯人，起來！站直了，振作一點。聽好，這一次，你要坐二十年牢。還有，記住，下次要是再在法庭上看到你，不管犯了什麼罪，我們都會嚴加懲處！」

法官一說完，粗暴的法警立刻撲向倒楣的蟾蜍，替他戴上鐐銬，拖出法院。蟾蜍又是尖叫、又是哀求、又是抗辯。他被押著經過市場，民眾一般都對通緝犯表示同情、甚至加以援助，但已判刑的罪犯往往變成過街老鼠、人人喊打，因此圍觀的群眾幸災樂禍地拿胡蘿蔔丟他、嘲笑他，還不時對他喊口號。他被押著經過一群發出陣陣噓聲、不斷起鬨的學童面前，這些孩子只要看到紳士陷入困頓，一派天真的小臉就會閃著喜孜孜的光芒。他被押著走過嘎吱作響、聲音空洞的吊橋，穿過布滿尖刺的鐵柵門，鑽過恐怖又詭異的拱廊，進入一座塔尖高聳入雲、氣氛陰鬱的古堡。接著，他們經過了擠滿下崗士兵的警衛室，大家全都在裡面對著他咧嘴獰笑；又經過了正在站崗的哨兵，他們因為正在執勤而無法任意表達對罪犯的鄙視和嫌惡，只能故意以嘲諷的方式大聲咳嗽，而且還咳得很厲害。他們踏上一段蜿蜒曲折、磨損得很嚴重的古老石階，經過身穿鋼鐵盔甲、全副武裝，從頭盔後方投射出威嚇眼光的守衛。他們走過庭院，院子裡凶猛的惡犬拚命往前衝，把繫繩拉得好緊，張牙舞爪地想撲向蟾蜍；然後又經過幾個年老的獄卒，他們將斧槍斜靠在牆上，對著一塊餡餅和一壺棕色的麥芽啤酒打瞌睡。法警押著蟾蜍不停地走，走過把犯人架在刑具上拉肢的拷問室、夾手指的酷刑室，接著繞過那個通往祕密絞刑臺的轉角，一直走到那扇位於監獄最深處、最陰森恐怖的地牢門前，才終於停下腳步。有個老獄卒坐在門口，手裡撥弄著一大串沉甸甸的鑰匙。

「喂，老頭！」法警摘下頭盔，擦擦額頭上的汗。「醒醒，老傢伙！把這隻邪惡的蟾蜍關起來。他是個罪大惡極、狡猾奸詐、詭計多端的罪犯。灰鬍子老頭，你可要竭盡全力看好他，萬一出了什麼差錯，就得拿你這顆腦袋來賠！到時你們倆都死定了！」

老獄卒陰沉地點點頭，伸出一隻乾枯的手放在悲慘的蟾蜍肩上。生鏽的鑰匙在鎖孔裡嘎吱轉動，巨大的牢門「哐啷」一聲，在他們身後重重關上。就這樣，在整片歡樂的英格蘭國土上最堅固的城堡中，戒備最森嚴、最隱密的地牢裡，蟾蜍變成了一個可憐又無助的囚犯。

7 黎明前的笛聲

翠柳鷦鷯躲在幽暗的河畔樹林裡，啁啾地唱著清脆的小曲。這時雖然已經是晚上十點多，但天空中仍殘留著一抹徘徊不去、流連忘返的落日餘暉。短短的仲夏夜伸出清涼的手指觸摸天際，午後酷熱凝滯的暑氣便應聲碎裂、逐漸消散了。鼴鼠張開四肢，懶洋洋地躺在河岸上，等著他的朋友回來。今天的天空從早到晚都很清澈，一片雲也沒有，熾熱的高溫壓得他到現在都還喘不過氣。由於河鼠和水獺早就有個安排已久的約會，因此他一直在河邊和一些同伴閒晃、玩耍，好讓河鼠能有空單獨赴約。後來他回到家，發現屋子裡黑漆漆的、空無一人，也不見河鼠的蹤影，就知道河鼠一定還跟他的老朋友在一起。這時屋裡還很悶熱，待不住，於是他便躺在一些涼爽的羊蹄葉上，回味當天所經歷的一切，覺得今天真是美好的一天。

過了不久，乾枯的草地上傳來河鼠逐漸接近、姿態輕盈的腳步聲。「啊，好涼喔！真舒服！」河鼠一邊說，一邊坐了下來，若有所思地望著河水，陷入沉默，看起來心事重重的樣子。

「你應該在那邊吃過晚飯了吧？」鼴鼠問道。

「沒辦法，走不開呀。」河鼠說。「他們就是不讓我走，一定要我留下來吃飯才行。你也知道，他們熱情又親切，總是把一切安排得非常周到，想盡辦法招待我，直到我離開為止。可是我總覺得很難受，因為他們雖然表現得很開心、極力掩飾自己的情緒，但我看得出來，他們其實一點也不快樂。鼴鼠，我擔心他們可能遇上麻煩了。小胖胖又走丟了。你知道，儘管他爸爸從來不提，心裡卻掛念得很。」

「什麼？那個小傢伙嗎？」鼴鼠一派輕鬆地說。「嗯，就算他走丟了，又有什麼好擔心的？他常常亂跑、常常走丟，然後過沒多久又出現了。這孩子就是愛冒險，但也從來沒出過什麼大事呀。這附近沒有人不認識他，而且大家都很喜歡他，就像喜歡老水獺一樣。你放心，遲早會有某個動物遇見他，把他送回家的。你看，有一次我們不是在離他家好幾哩遠的地方找到他嗎？他當時還很得意，玩得很開心呢！」

「是沒錯，不過這次問題嚴重多了。」河鼠面色凝重地說。「他已經走失好幾天了。水獺全家到處去找，無論是高的地方、還是低的地方，全都翻過一遍，就是不見他的蹤影，連一點足跡或線索都沒有。他們也向方圓好幾哩內的每隻動物打聽過，可是沒有人知道他的下落。水獺其實很著急，只是不說而已。他跟我說，小胖胖還不是很會游泳，我猜他是擔心小胖胖會跑到攔河堰那裡去。每年這個季節的流水量都很大，小孩又特別愛去攔河堰玩耍，而且那邊還有——呃，各種陷阱什麼的，這你也知道。水獺不是那種愛替孩子瞎操心的人，不過他現在眞的很不安。我離開他家的時候，他送我出來，說是想透透氣、活動一下筋骨，但我看得出來根本不是這麼回事，所以我就把他拉到旁邊逼問，最後終於知道他的眞心話。原來他是要去淺灘那裡守夜。你知道在哪裡吧？就是在他們建那座橋之前，很久以前的那片老淺灘？」

「知道啊，而且那裡我還滿熟的。」鼴鼠說。「可是水獺爲什麼要選在那兒守夜呢？」

「嗯，好像是因爲那裡是他第一次教小胖胖游泳的地方。」河鼠繼續說。「就是河岸附近那個淺水的沙嘴，那裡也是他以前常教他釣魚的地方，小胖胖就是在那兒抓到生平第一條魚，當時他還很驕傲呢。那孩子很喜歡這個地方。因此水獺想，不管小胖胖去了哪裡、逛夠了想回家了——可憐的小傢伙，要是他還活著——很有可能會回到自己最喜歡的淺灘；又或是他碰巧路過淺灘、想起這個地方，會停下來玩玩也說不定。所以水獺每天晚上都去那兒守著，心裡抱著一線希望。你知道，只是抱著一線希望罷了！」

他們沉默了好一段時間，心裡想著同一件事——漫漫長夜裡，傷心的水獺孤零零地蹲在淺灘旁邊，靜靜守候、苦苦等待，只因爲他抱著一線希望。

「好了，好了，」過了一會兒，河鼠終於開口，「我們該回屋裡睡覺了。」雖然他嘴巴這麼說，可是身體卻沒有動。

「河鼠，」鼴鼠說，「雖然好像也沒什麼能做的，但我眞的沒辦法就這樣袖手旁觀，然後轉身回去睡覺。我們乾脆划船到上游去吧。月亮再過一個小時左右就會出來了，到時我們就可以藉著月光盡力搜索。不管怎樣，總比什麼都不做、直接上床睡覺好多了。」

「我跟你想的一樣。」河鼠說。「再說，這也不是個適合睡覺的夜晚。天很快就要亮了，或許我們還能在路上向其他早起的動物打聽小胖胖的消息。」

他們把船拖出來。河鼠拿著槳，小心謹慎地划著。河心有一道清澈狹長的水流，隱約映照出天空的模樣，但無論是河畔、草叢或樹林投射在水中的倒影，看起來都如河岸本身一樣眞切、一樣堅實，因此鼴鼠在掌舵時就得因應不同的狀況做出判斷。河上雖然一片漆黑、杳無人跡，但夜空中仍充滿著各種細微聲響，有歌聲、低語聲，以及窸窸窣窣的躁動聲，在在顯示出此時此刻，大自然中那些忙碌的小居民還醒著，大家各盡本分，徹夜辛勤工作，努力經營自己的生意，直到破曉的陽光灑在他們身上，催他們回家休息。河流本身的聲音也比白天還要響亮；那汩汩聲與砰砰聲不但近在咫尺，更令人出乎意料，而且還常常以一種突如其來的清晰嗓音高聲呼喊，害他們嚇了一大跳。

地平線非常清朗，和天空涇渭分明。在某一個特定的地方，一片緩緩發亮的銀色磷光逐漸升高、擴大，將地平線襯托得格外黝黑。最後，皎潔的月亮優雅地跨出等待已久的大地邊緣，以壯麗雍容的姿態徐徐升起、擺脫地平線，毫無羈絆地懸在空中。這時，他們又再度看見了地上的一切——廣闊的草地、寂靜的花園，還有夾在兩岸中間的整條大河，全都柔和地展現在眼前，洗淨了原先神祕恐怖的色調，散發出燦爛的光芒、如白晝般晶亮，但又與白晝截然不同。那些他們常去的老地方穿上了另一套衣服，再次向他們打招呼，彷彿剛才只是偷偷溜走、換上一身皎潔的新裝，然後再悄悄溜回來，含著微笑，害羞地等待，想看看他們倆還認不認得出來。

河鼠和鼴鼠這兩個好朋友把船繫在一棵柳樹上，走進這座靜謐的銀色王國。他們在樹籬、樹洞、隧道、暗渠、溝壑和乾涸的水道中來回穿梭、耐心搜索，然後再度上船，划到對岸去找。他們就這樣不斷溯河而上，那輪明月則靜靜地高掛在遙遠又無雲的夜空。雖然距離很遠，但月亮仍盡她所能、幫助他們尋找小胖胖的蹤跡，直到退場時間來臨，她才依依不捨地離開他們、沉入地底。神祕再度籠罩了田野與河流。

接著，某種變化慢慢浮現。地平線更加明朗，田野和樹林也更加清晰可見，而且不知怎的，看起來好像變了個模樣；籠罩其上的神祕氛圍開始褪去。一隻鳥兒突然啁啾一聲，旋即悄無聲息；一陣輕柔的微風拂過，把蘆葦和香蒲吹得沙沙作響。鼴鼠正在划槳，河鼠則倚在船尾，突然間，他挺起身子坐直、專心地側耳傾聽，神情非常激動。鼴鼠輕輕划著槳，讓船緩緩往前移動，同時仔細地掃視河岸。看到河鼠情緒這麼澎湃，鼴鼠不禁好奇地看著他。

「消失了！」河鼠嘆了口氣，再次倒在座位上。「好美，好神奇，好新鮮喔！可惜一下子就沒了，這樣的話我還眞希望自己從來沒聽過呢。這個聲音喚起了我心裡某種痛苦的渴望，我好想再聽見這個聲音，一直聽，永遠聽下去。好像除了聽這個聲音之外，其他事情都沒意義了。欸！聲音又來了！」他興奮地大叫，再度豎起耳朵。他聽得好入迷，有好長一段時間，他都安安靜靜，完全沒說半個字。

「聲音又快沒了，聽不到了。」河鼠終於開口。「噢，鼴鼠！那聲音眞的好美喔！那個從遠方傳來的笛聲，那個既清脆又纖細、洋溢著滿滿幸福與快樂的呼喚！我從來沒夢想過自己居然能聽見這樣的音樂。音樂本身固然甜美，但那呼喚的力量卻更爲強烈！往前划，鼴鼠，快划呀！那音樂和呼喚一定是爲我們而來的！」

鼴鼠非常驚訝，但還是乖乖遵從河鼠的話。「除了燈心草、蘆葦和柳林中的風聲外，」

他說，「我什麼也沒聽到啊。」

河鼠沒有回答。就算他有聽到鼴鼠的話，他也沒辦法回答。此時此刻，他全身顫慄、心醉神迷，全身上下的感官知覺都被這個新奇又神聖的事物占據了——它伸出強而有力的手，緊緊攫住他無力抗拒的靈魂，彷彿摟著一個滿懷幸福的柔弱嬰兒，不斷地搖晃、逗弄著他。

鼴鼠以穩定的節奏默默划著船。過沒多久，他們便來到河道分岔的地點，這裡有股長長的靜水往另一邊分流出去。早就把舵放下的河鼠已經好一陣子沒指揮方向了，這時，他把頭輕輕一揚，示意鼴鼠划向靜水支流。天光悄悄降臨，破曉時分將近，現在他們已經能辨別那些如寶石般點綴在河岸的鮮花顏色了。

「笛聲越來越近，也越來越清楚了，」河鼠開心地大喊，「這下子你一定也聽到了吧！啊哈！看得出來，你聽到了！」

歡快的笛聲如浪潮般湧向鼴鼠，完全吞沒了他的身體，徹底占據了他的心靈。他屏住呼吸、呆呆地坐著，原本划著槳的雙手也停了下來。他看見同伴臉頰上的淚水，很理解這種心情，於是便低下頭去。有好一段時間，他們倆愣在那兒一動也不動，任憑那些鑲在河畔的紫色珍珠菜恣意地拂過他們的身體；然後，那陣清晰又蠻橫的召喚伴隨著令人醉心的旋律，一聲又一聲地迴盪在天際，並將自身的意志強加在鼴鼠身上，讓他不由自主地再度俯身、開始划槳。天色越來越亮，但那些總會在黎明時分歌唱的鳥兒卻沒有出現。除了那美妙的天籟外，萬物都靜得出奇。

他們乘著船繼續往前漂流。那個早晨，河道兩岸綠草豐美的田野顯得無比青翠、無比清新。他們從來沒看過這麼鮮豔的玫瑰、這麼繽紛的柳蘭、這麼芬芳繁茂的繡線菊。隨著離攔河堰越來越近，隆隆的水聲開始在空中蔓延。他們意識到，這趟遠征的終點不遠了；在那裡，未知的事物正等待他們大駕光臨。

一座巨大的攔河堰橫跨兩岸、環抱著靜水灣，形成一道波光粼粼、寬闊明亮的半圓形碧綠水坡，在平靜的水面上激出無數的漩渦與漂浮的帶狀泡沫，不斷發出莊嚴又撫慰人心的隆隆聲，蓋住了周遭其他聲響。在攔河堰那閃耀臂膀的懷抱下，一座小島安詳地躺在水流中央，四周密密麻麻地環繞著許多柳樹、白樺與赤楊木。小島害羞矜持、隱而不露，但內蘊深長；它將想要隱藏的事物覆上一層薄紗，靜靜等候對的時刻，以及那些萬中選一、循著召喚而來的人。等到一切都準備就緒，它才肯揭開那道神祕的面紗。

河鼠和鼴鼠懷著某種莊嚴肅穆的期待，緩慢卻毫不遲疑地划過喧囂動盪的水面，停泊在小島那萬紫千紅、花團錦簇的岸邊。他們悄悄踏上岸，穿過盛開的繁花、芳香的草本植物和矮灌木叢，接著越過平地，來到一片綠得令人驚豔的小草坪，草坪四周還環繞著野山楂樹、野櫻桃樹、黑刺李樹等屬於大自然自己的果園。

「這就是我的夢幻天籟之鄉，那個神奇的樂音就是從這裡來的。」河鼠喃喃地說，彷彿陷入出神狀態。「要說能在哪裡找到祂，一定就是這裡，這片神聖之地，我們一定能在這兒找到祂！」

鼴鼠心中頓時湧出一股無比敬畏的感覺，這股敬畏讓他不由自主地低下頭，全身的肌肉徹底放鬆，雙腳像在地上生了根似的無法動彈。那並不是什麼令人驚慌害怕的感覺——事實上，鼴鼠覺得心裡非常寧靜、非常幸福，充滿無限美好——那是一種猛然襲上心頭、緊抓住他的敬畏感；雖然他肉眼看不見，但他知道，某個偉大又神聖的存在就在這裡，而且離他非常非常近。他費力地轉過身去找他的朋友，只見河鼠站在他身邊，既驚懼又惶恐，全身還劇烈地顫抖。周圍的樹枝上棲息著許多鳥雀，此時依舊安安靜靜、悄無聲息。天色越來越亮了。

雖然現在笛聲已經消失了，但那陣呼喊和召喚似乎還是非常強勁、非常專橫，要不然鼴鼠可能永遠都不敢抬頭看。他無法抗拒那個召喚，他一定要用平凡的肉眼看看那隱蔽在薄紗後的東西，哪怕死神瞬間降臨，奪走他的性命，他也在所不惜。他全身顫抖、戰戰兢兢地服從這道神祕的召喚，謙卑地抬起頭；與此同時，容光煥發的大自然正帶著鮮豔飽和、不可思議的繽紛色彩，在無比純淨、即將來臨的黎明氛圍中屏息以待。就在這一刻，鼴鼠的眼睛對上了祂的眼睛——祂是朋友、也是救主，是掌管自然的守護神。他看到一對彎彎曲曲、向後延伸的犄角在逐漸明朗的晨光中閃閃發亮；他看到線條剛毅的鷹勾鼻挺立在一雙和藹的眼睛之間，那慈愛的眼神含著笑意、俯視著他們倆；一張藏在鬍子下的嘴似笑非笑，嘴角微微上揚；肌肉條條突起、如波浪般起伏的強壯臂膀橫在寬厚的胸膛前方，柔軟又修長的手仍握著那枝才剛離開唇邊的牧神之笛；他看到線條優美、毛髮濃密的雙腿以一種安逸又充滿威嚴的方式盤坐在草地上，而水獺寶寶那圓滾滾、胖嘟嘟的稚嫩小身體正舒適地依偎在牧神的雙蹄之間，睡得又香又甜。鼴鼠在這屏住呼吸、緊張不安的瞬間，看到這幅景象鮮明生動地顯現在晨曦裡。他親眼目睹了這一切，所以他還活著；他還活著，所以這一切就更不可思議了。

「你會怕嗎，河鼠？」鼴鼠好不容易才恢復正常呼吸，顫抖地輕聲問道。

「怕？」河鼠低聲呢喃，雙眼裡閃爍著難以形容的敬愛之情。「怕？怕祂嗎？噢，不，當然不怕啊！不過——不過——噢，鼴鼠，我還是有點害怕！」

話一說完，這兩隻動物便匍匐在大地上，低頭敬拜。

突然，一輪金黃色的太陽從他們面前的地平線上壯麗地升起；第一道日光穿過平坦的草坪，直射他們的眼睛，讓他們倆看得眼花撩亂、目眩神迷。等到他們的視力恢復正常後，那神奇的異象已經消失了。鳥兒們歡迎日出的頌歌縈繞在空中，不絕於耳。

他們茫然地凝望著前方，開始慢慢意識到，自己在轉瞬之間失去了剛才所看到的一切。一種無法言喻的深沉憂傷猛然襲上心頭。這時，一陣變幻無常的微風踩著舞步，輕盈地掠過水面，拂起了白楊的枝條，搖動著含露的玫瑰，帶著滿滿的愛撫之情輕輕吹向他們的臉。在微風的溫柔觸摸下，頃刻之間，他們忘掉了一切。這正是半人半神的仁慈牧神為了關懷那些讓祂顯身相助的小動物，特意賜予他們的——為了不讓那令人敬畏的印象久滯心頭、不斷增長，導致快樂與歡笑蒙上陰影；為了不讓那段回憶在腦中縈繞不去，毀掉那些受祂幫助、得以脫離困境的小動物的後半生，讓他們還能像以前一樣輕鬆愉快地生活，牧神準備了這份禮物——遺忘。

鼴鼠揉揉眼睛，茫然地看著河鼠。河鼠正一臉疑惑地四下張望。「對不起，河鼠，你剛剛說什麼啊？」他問道。

「我想我好像只有說……」河鼠慢吞吞地回答。「這就是我們要找的地方，我們應該會在這裡找到他。你看！他就在那兒，那個小傢伙！」他開心地叫了一聲，快步跑向熟睡的小胖胖。

然而，鼴鼠呆呆地站了一會兒，腦袋裡塞了好多心事。就像一個人突然從美夢中驚醒，拚命思索、努力回憶這個夢，可是卻什麼也想不起來，只模模糊糊地覺得這個夢好像很美，非常美！最後，那點美的感覺也逐漸消失了，做夢的人只得痛苦地接受醒來之後那冰冷又殘酷的現實與懲罰。鼷鼠就是這樣。他花了一點點時間，苦苦搜尋腦中的回憶，接著便傷心地搖搖頭，跟著河鼠走了。

小胖胖從睡夢中醒來，看到眼前的動物是爸爸的朋友，又是以前常常跟他一起玩的叔叔，忍不住高興地尖叫，開心地扭動著身子。然而一轉眼，他臉上露出茫然的表情，開始拚命轉圈圈、想找尋什麼東西，同時還發出宛如乞求般的哀鳴。他就像個在媽媽懷裡甜甜入睡的孩子，醒來時卻發現自己一個人孤零零地待在一個陌生的地方，於是便到處尋覓，找遍所有角落和櫥櫃，跑遍一個又一個房間，絕望在他小小的心靈裡默默滋長。小胖胖非常堅持，努力不懈地找遍了整座小島，直到最後那一小片黑暗的絕望壓垮了他，他才不得不放棄，坐在地上嚎啕大哭起來。

鼷鼠急忙跑過去安慰這隻小水獺，但河鼠卻仍在原地徘徊，滿臉疑惑地看著那些深深印在草地上的蹄印，看了好久好久。

「有某種——很大的動物——來過這裡。」他若有所思地低語，站在那兒想了老半天，有種非常奇怪的感覺在他心裡翻攪。

「快來呀，河鼠！」鼴鼠大喊。「別忘了可憐的老水獺，他還在淺灘那兒苦等呢！」

他們答應小胖胖，要讓他搭河鼠先生的船遊河、好好玩一下；正在哭鬧的小胖胖立刻得到安慰，很快就平靜下來了。河鼠和鼴鼠帶著他來到水邊，讓他安安穩穩地坐在他們倆中間，接著便拿起槳，往靜水下游划去。此時太陽高高地掛在空中，曬得他們暖呼呼的，鳥兒們無拘無束地高聲歌唱，岸邊的鮮花微笑著對他們點點頭；可是不知怎的，他們覺得周遭的顏色好像不比最近在某個地方看到的那麼豐富繽紛、那麼鮮豔奪目。某個地方……究竟是哪裡呢？

靜水再度匯流入主河道。他們掉頭回轉、逆流而上，朝目的地划去；他們知道，老朋友水獺正在那兒孤獨地守候著。等到快抵達那片熟悉的淺灘時，鼴鼠就把船划向岸邊；他們把小胖胖抱起來托上岸，讓他站在曳船道上，叫他開始往前走，又友善地拍拍他的背表示道別，然後便把船划向河心。他們看著那個小傢伙搖搖晃晃地順著曳船道走去，露出一副心滿意足的驕傲神情。突然，小胖胖猛地抬起口鼻，原本蹣跚的步伐頓時變成笨拙的小碎步；他一邊加快腳步，一邊發出尖細的嗚嗚聲，不停扭動身體，好像認出什麼來了。他們往上游一看，只見水獺一躍而起，衝出他耐心蹲伏、苦苦守候的淺灘，臉上的表情既緊張又僵硬。他蹦蹦跳跳地穿越青翠的柳林，跑上曳船道，發出一連串又驚又喜的吼叫。鼴鼠舉起一枝槳，重重一划，掉轉船頭，讓那浩蕩的河水帶著他們恣意漂流，去哪兒都行。他們的搜尋任務已經大功告成，畫下幸福快樂的句點了。

「好奇怪喔，河鼠，我覺得全身上下有種說不出來的累。」鼴鼠有氣無力地斜靠在槳上，讓小船順水漂流。「你或許會說，這是因爲我們整晚沒睡，可是這並不算什麼啊。每年這個季節，我們不是一個星期總有三、四天不睡覺嗎？不，我覺得自己好像經歷了一件非常驚心動魄的大事，這件事才剛剛結束而已。可是……也沒發生什麼特別的事啊。」

「也可以說，是某種非常驚人、燦爛又美好的事。」河鼠仰靠著船身，閉上眼睛喃喃說道。「我的感覺跟你一樣，鼴鼠，累得要命，但又不是身體上的累。好險我們現在有大河陪伴，它會帶我們回家的。暖暖的陽光灑在身上、滲進骨頭裡的感覺眞好！你聽，風兒正在蘆葦叢裡演奏呢！」

「好像音樂——從很遠很遠的地方傳來的音樂。」昏昏欲睡的鼴鼠點點頭。

「我也覺得，」河鼠恍恍惚惚地說，口氣懶洋洋的。「而且是舞蹈音樂——那種節拍輕快又不停頓的音樂——不過還有歌詞——歌詞一下子有、一下子沒有——我只能斷斷續續地聽見幾句——然後又變成舞蹈音樂，再來就只剩下蘆葦又細又柔的低語，什麼也聽不到了。」

「你的聽力比我好，」鼴鼠難過地說，「我聽不見歌詞。」

「我試著把歌詞唸給你聽吧。」河鼠閉著眼睛溫柔地說。「現在又變成歌詞了——聲音很微弱，但很清楚——『爲了不使敬畏長留心頭——不使歡笑化爲憂愁——你應在急需時求助我的力量——但過後就得將它遺忘！』現在換蘆葦接著唱了——『遺忘，遺忘』，然後它們嘆了口氣，聲音越來越弱，變成窸窸窣窣的悄悄話。現在歌詞又回來了——『爲了不使肢體紅腫撕裂——我鬆開設下的陷阱——陷阱鬆開的一瞬間，你們就能將我瞥見——因爲你們定要遺忘一切！』鼴鼠，把船划近一點，靠近蘆葦！實在太難聽清楚了，而且聲音越變越弱了。『我是救援者，也是治療師，我鼓舞潮濕山林間的小小遊子——我找到迷失在森林裡的小動物，爲他們包紮療傷——囑咐他們全都遺忘！』再近一點，鼴鼠，再近一點！哎，不行，沒用了，歌聲已經逐漸消失，變成蘆葦的低語了。」

「可是這些歌詞是什麼意思啊？」鼴鼠疑惑地問道。

「我也不知道，」河鼠簡單地回答，「我只是聽到什麼就告訴你什麼了。啊！歌聲又回來了，這次很完整，也很清楚耶！這次一定是眞的，絕對錯不了，簡單——熱情——完美——」

「好，那我們來聽聽看吧。」鼴鼠說。他已經在炎熱的陽光下耐心地等了好幾分鐘，等到都有點想睡了。

可是河鼠沒有回應。他看了一眼，就明白河鼠爲什麼陷入沉默了——因爲疲倦的河鼠臉上掛著幸福的微笑，笑容裡還殘留著一絲側耳傾聽的神情，沉沉地睡著了。

8 蟾蜍歷險記（一）

蟾蜍被關在陰森潮濕、臭氣沖天的地牢裡，忍不住想起外面的世界。他想到外頭燦爛的陽光；想到不久前他才在那些縱橫交錯、用碎石修築的平坦公路上恣意馳騁，玩得好開心，彷彿全英格蘭的公路都被他買下來了。可是，他知道，自己正被禁錮在這座暗無天日的中世紀古堡中，與世隔絕。想到這裡，他不禁整個人倒在地上，流下苦澀的淚水，墜入無盡的絕望深淵。「一切都完了，」他說，「至少，蟾蜍的前途完了，反正都一樣啦！那個人緣最好、英俊帥氣的蟾蜍，有錢又好客的蟾蜍，自由自在、無憂無慮、風度翩翩的蟾蜍！現在全都完了！我膽大妄為，偷了人家的漂亮汽車，又厚顏無恥地用惡劣的態度對待那些腦滿腸肥的警察，氣得他們漲紅了臉！坐牢是我罪有應得，我憑什麼指望自己能重獲自由呢？」他不斷啜泣，哽咽到說不出話來。「我眞的好蠢，現在我只能在這個地牢裡受苦，直到那些以認識我爲榮的人，最後連『蟾蜍』這個名字都想不起來爲止！唉，充滿智慧的老獾！唉，機靈聰明的河鼠！唉，善良懂事的鼴鼠！你們對人對事的判斷非常正確，看得太透澈了！唉，我這個不幸又孤苦無依的蟾蜍喲！」他從早到晚就這樣嚎啕痛哭、自怨自艾，一連過了好幾個星期，既不肯吃飯，也不肯吃點心。那位板著面孔、臉色陰沉的老獄卒知道蟾蜍很有錢，於是便常常暗示他，只要他肯開口出價，就能替他從監獄外面搞到許多好東西，甚至連奢侈品也沒問題。可是蟾蜍就是不理他。

老獄卒有個女兒，個性開朗，心地善良，時常幫父親做些輕鬆的雜務。她特別喜歡小動物，養了一隻金絲雀。白天的時候，她就把金絲雀的鳥籠掛在厚實的監獄磚牆上，鳥叫聲讓那些吃飽飯想小睡片刻的犯人覺得很煩；到了晚上，她就把鳥籠從釘子上拿下來、用布套罩著，放在會客室桌上。除此之外，她還養了幾隻黑白兩色的花斑鼠和一隻老是不停轉圈的松鼠。這個善良的女孩很同情蟾蜍的悲慘遭遇，有一天，她對父親說：「爸爸！我真的不忍心看那隻可憐的動物整天悶悶不樂，一直消瘦下去！讓我來照顧他吧。你也知道，我最喜歡小動物了。我會親自用手餵他吃東西，讓他坐起來，做各式各樣的事。」

老獄卒回答說，隨便她愛怎麼做都行。他已經受夠蟾蜍了。他討厭他整天愁眉苦臉、討厭他的態度，更討厭他的惡劣和吝嗇。於是那一天，女孩便去敲蟾蜍的牢房門，準備進行她的善心任務。

「好啦，蟾蜍，打起精神來，」她一進門就開始連哄帶勸地說，「坐起來，擦乾眼淚，做個明理又懂事的動物。試著吃點東西吧。你看，我帶了一點我的食物來給你，剛從烤箱裡拿出來的，還是熱的喲！」

盤子裡裝的是香煎甘藍菜馬鈴薯餅，上面用另一個盤子扣著，狹小的牢房裡瀰漫著誘人的香味。蟾蜍正悲慘地趴在地上爲自己傷心；突然，濃郁的甘藍菜香鑽進他鼻孔裡，讓他一時之間覺得，人生或許不像他所想的那麼空虛絕望。不過他還是放聲大哭，雙腿亂踢亂蹬，拒絕接受任何人安慰。於是這個聰明的女孩決定暫時先離開——當然啦，熱呼呼的食物香氣還留在牢房裡。蟾蜍一邊抽抽搭搭地哭泣，一邊用鼻子猛聞，同時不斷認眞思考。終於，他腦子裡開始慢慢浮現一些鼓舞人心的新念頭。他想到行俠仗義的騎士精神、詩歌，還有那些等著他去做的大事；想到廣闊的草原、在草地上吃草的牛羊，以及拂過綠草的微風和陽光；想到茂盛的菜園、整齊的香草花壇，和被蜜蜂團團包圍、新鮮溫暖的金魚草；想到蟾蜍莊園餐桌上擺放碗盤的悅耳叮噹聲，以及大家拉椅子坐下用餐、椅腳擦過地板的聲音。此時此刻，小牢房的灰暗空氣中彷彿漾著一絲美好的玫瑰色。他想起了自己的朋友，他們一定會想辦法來救他的；他想起了律師，他們一定會對他的案子感興趣的。他眞蠢，當時爲什麼不請幾位律師呢？最後，他想起自己聰明絕頂、足智多謀，只要他肯動動他偉大的腦筋，什麼事都難不倒他。想到這裡，他心中所有苦惱幾乎一掃而空，傷痛似乎也都痊癒了。

幾個小時之後，老獄卒的女兒又回來了。她端著一個托盤，盤子裡放著一杯冒著熱氣、香味撲鼻的熱茶，還有一大盤堆得像小山一樣高、塗滿奶油的烤麵包。麵包切得厚厚的，兩面烤得焦黃，熱騰騰的金黃色奶油滲入麵包的孔隙往下滴，彷彿蜂巢裡流出來的蜜。奶油麵包的香氣就像是在跟蟾蜍說話一樣，說得清清楚楚、毫不含糊。它講到暖烘烘的廚房，在晴朗的降霜早晨吃的早餐；講到冬天傍晚散步回家後坐在舒服的客廳爐火邊，將穿著拖鞋的腳擱在爐架上烤火；講到心滿意足的貓咪發出呼嚕聲，還有昏昏欲睡的金絲雀啁啾婉轉。蟾蜍再次坐了起來、擦乾眼淚，啜飲著熱茶，嚼著奶油烤麵包。過了不久，他便開始暢談有關他自己、他住的房子、他的居家生活、他是個多重要的人物，以及他的朋友們有多關心他。

老獄卒的女兒發現這些話題就跟茶點一樣，對蟾蜍大有助益，於是便鼓勵他繼續說下去。

「講點蟾蜍莊園的事給我聽吧，」她說，「那想必是個非常美麗的地方。」

「蟾蜍莊園呀，」蟾蜍驕傲地說，「是一棟獨門獨戶、條件理想的高尚紳士住宅。這棟古宅非常獨特、別具一格，是在十四世紀時建造的，不過現在安裝了各種現代化的生活設施，包含最新款的衛浴設備等等，而且離教堂、郵局和高爾夫球場都很近，只要走五分鐘就到了。很適合——」

「願上天祝福你這隻動物！」女孩哈哈大笑。「我又沒有要買！你告訴我一些房子的具體情況吧。不過先等一下，我再幫你拿點熱茶和烤麵包來。」

她踩著輕快的腳步走出牢房，過沒多久，又端了一大托盤的食物回來。貪嘴的蟾蜍抓著麵包，不客氣地開懷大吃。此時他的情緒已經緩和不少，又恢復了從前的老樣子。他一邊吃，一邊滔滔不絕地聊他的船屋、魚池、有圍牆的老菜園、豬圈、鴿房、雞舍、乳牛棚、洗衣間、瓷器櫃、衣櫥（她特別喜歡這個部分）、宴會廳；又說他和其他動物圍坐在餐桌旁聚會的情形，以及他是如何意氣風發、神采飛揚地唱歌、講故事等等諸如此類，說個沒完。然後，老獄卒的女兒又要蟾蜍聊聊他的動物朋友，她對那些動物平常是怎麼生活、做什麼娛樂消遣來打發時間很有興趣。當然啦，她並沒有說自己是把動物當成「寵物」來愛，因爲她知道蟾蜍一定會非常非常生氣。最後，她幫蟾蜍把水罐裝滿、把稻草撥鬆，對他說聲晚安；這時，他已經變回原先那個樂觀開朗、自鳴得意的蟾蜍了。他哼了一、兩首過去常在晚宴上唱的小曲，蜷縮在稻草裡，睡了一夜舒服又香甜的好覺，還做了許多快樂的好夢。

從那一天起，他們倆就常常聚在一起聊天，談些好玩的事，陪伴彼此度過沉悶的日子。老獄卒的女兒越來越替蟾蜍抱不平，照她的看法，她覺得蟾蜍犯的錯都是些微不足道的小錯，爲了一點小錯就把一隻可憐的小動物關在牢裡，眞的很不公平。至於蟾蜍呢？他的虛榮心再度抬頭，認爲獄卒的女兒之所以對他越來越溫柔、越來越關心他，是因爲她對他產生了愛慕之情。只可惜，她雖然是個漂亮的少女，而且顯然對他一往情深，但他們倆之間的社會地位實在太懸殊了。

某天早上，老獄卒的女兒看起來心事重重，答話時有點心不在焉。蟾蜍覺得，自己那番幽默風趣的妙語和才華洋溢的見解並沒有得到應有的注意。

「蟾蜍，」老獄卒的女兒說，「請你聽我說。我有個姑姑是個洗衣婦。」

「喔喔，」蟾蜍和藹親切地說，「沒關係啊，別放在心上。我有好幾個姑姑都應該當洗衣婦的。」

「蟾蜍，你不要插嘴好不好，安靜一下可以嗎？」女孩說。「你最大的毛病就是話太多了。我在想一件重要的事，你偏要打斷我的思緒。我剛才說，我有個姑姑是洗衣婦，城堡監獄裡所有犯人的衣服都是她洗的。像這種有錢賺的工作，我們都會設法包給自己的家人做，我想這點你也明白。她每個星期一上午都會來把要洗的衣服拿走，星期五傍晚再把洗好的衣服送回來。今天是星期四。我是在想，你很有錢——至少你老是這樣跟我說——而我姑姑很窮。幾英鎊對你來說不算什麼，但對她來說可是一大筆錢。我想，要是你能跟她打打交道——也就是你們動物常說的，籠絡籠絡她，你們或許能談成一筆交易，她可以讓你穿她的衣服、戴她的軟布帽什麼的，這樣你就能假扮成洗衣婦逃出這裡。你們兩個有很多地方都滿像的，特別是身材。」

「我們才不像呢！」蟾蜍沒好氣地說。「我的身材非常優雅，因爲我生來就是這樣。」

「我姑姑也是，」女孩回答，「因爲『她』生來就是這樣。隨便你，你愛怎麼樣就怎麼樣。你這個可惡、自大又不知感恩的傢伙，虧我還爲你難過，想幫你的忙呢！」

「好好好，沒關係，說眞的，我非常感謝妳的好意。」蟾蜍趕緊改口。「不過妳也得替我想想吧！總不能叫蟾蜍莊園的主人蟾蜍先生裝成洗衣婦到處跑啊！」

「那你就好好留在這兒當你的蟾蜍先生吧！」老獄卒的女兒激動地說。「我看你大概還想等四匹馬拉的豪華馬車來接你才肯出去哩！」

誠實的蟾蜍總是勇於認錯。「妳是個善良、仁慈又聰明的好女孩，我確實是隻傲慢又愚蠢的蟾蜍沒錯。如果妳不介意的話，就請妳介紹我給妳那位值得尊敬的姑姑認識吧。我相信，那位賢慧的夫人和我一定能達成令雙方滿意的協定。」

第二天傍晚，老獄卒的女兒領著姑姑進了蟾蜍的牢房，還帶了一堆他這星期送洗的衣服，用毛巾包好、別上別針。老太太事先就已經了解這次見面的目的，也做好了準備，加上蟾蜍又貼心地把一些金幣放在桌上顯眼的地方，因此交易很快就談妥了，沒什麼好討論的。蟾蜍的錢換來了一件印花棉質長袍、一條圍裙、一條披肩，還有一頂褪色的黑色軟布帽。老太太提出的唯一一個條件，就是要蟾蜍把她的嘴塞住、捆起來，扔在牆角。她解釋說，其實這種沒什麼說服力的偽裝並不是什麼好計畫，不過只要再加上一套她自己捏造出來、有聲有色的故事，應該就能矇混過去。儘管整件事看起來很可疑，但她還是希望能靠這個方法保住自己的飯碗。

蟾蜍欣然接受了這項提議。老太太的辦法多少能讓他威風地離開監獄，不辱他那「危險亡命之徒」的英名。於是他非常樂意、熱心地幫忙老獄卒的女兒，盡量把她姑姑偽裝成一個在無法控制的情況之下、身不由己的受害者。

「現在輪到你了，蟾蜍。」女孩說。「脫掉你的外套和背心，你已經夠胖了。」她一邊笑到全身發抖，一邊替蟾蜍穿上印花棉質長袍，扣上領釦，又熟練地把披肩打了個褶，披在他身上，然後把褪色軟布帽的帽帶繫在他小小的下巴底下。

「你簡直就跟我姑姑一模一樣！」女孩咯咯笑著說。「我敢說，你這輩子從來沒有像現在這麼體面過。好啦，蟾蜍，再見嘍，祝你好運。你只要順著進來的路一直走就行了。要是遇見有人搭訕或跟你說什麼——嗯，他們很有可能會這樣，畢竟是男人嘛，你當然也可以開玩笑逗逗他們。不過千萬要記住，你現在是寡婦，無依無靠地活在這個世界上，可別壞了自己的名聲呀。」

蟾蜍心裡忐忑不安，但他還是盡力控制自己的情緒，踩著堅定的步伐，小心翼翼地走出牢房，進行一場看起來極度輕率的危險行動。不過他很快就驚喜地發現，一切都非常順利。可是一想到自己現在擁有的好人緣、以及導致這種好人緣的性別，實際上都是另一個人的，他又不免感到有些屈辱。洗衣婦的矮胖身材和人們熟悉的那件印花棉質長袍，就像一張通行證一樣，讓蟾蜍順利走過一道道上了門閂的小門與戒備森嚴的大門。甚至在他左右為難、不知道該往哪邊轉彎時，下一道門的獄卒還會大聲吆喝，叫他快點過去，幫助他擺脫困境（因為那個獄卒急著要去喝茶，不想在那邊跟他耗上一整夜）。另外，蟾蜍在路上還碰到有人搭訕他，對他講些開玩笑的俏皮話，對他來說，這是最危險的狀況；因為這時他就不得不立刻想些適當的話來回答，偏偏他又是個自尊心很強的動物，覺得那些戲弄他的話和小動作都很蠢、很無聊，毫無幽默感可言。他費了好大的勁才把脾氣壓下來，拚命忍著，盡量用適合對方和自己偽裝身分的言語來回嘴，不但沒有做得太過火，還保留了高格調的情趣。

蟾蜍覺得自己好像走了好幾個小時，才終於穿過最後一個院子，婉拒了來自最後一間警衛室的盛情邀約，躲開了最後一名獄卒佯裝熱情、不斷懇求，以「最後的告別擁抱」為藉口而伸出的雙臂。最後他好不容易聽見，城堡大門上那邪惡的監獄便門在他身後「喀噠」一聲關上，感受到外面世界的新鮮空氣拂過他焦慮不安的眉頭，他知道，他終於自由了！

一想到這個大膽的逃獄計畫居然輕輕鬆鬆就成功了，蟾蜍不免有些昏頭。他急忙快步朝著燈火通明的小鎮走去，完全不知道下一步該怎麼做，只想到他被迫假扮的這位老太太在這一帶一定很有名、很受歡迎，他必須盡快離開鄰近的地區才行。

他邊走邊想。剎那間，小鎮另一邊那些閃爍的紅綠燈吸引了他的目光，火車頭的噴氣聲與火車換軌的砰砰撞擊聲也傳進了他的耳朵裡。「啊哈！」他心想。「運氣眞好！此時此刻，全世界我最渴望、最想要的東西就是火車站了；更棒的是，我不用穿過小鎮就能走到火車站，也不必再喬裝成老太婆丟人現眼了。雖然這身打扮眞的很有用，但有損我的自尊心哪！」

於是他走進車站，看了一下列車時刻表，發現有班火車路線大致會往他家的方向開，而且半小時內就要發車了。「又走運啦！」他精神爲之一振，立刻走到售票窗口買票。

蟾蜍把離家最近的車站站名告訴售票員，然後下意識地把手伸進背心口袋裡掏錢。可是他完全忘了原本穿著背心的地方現在變成一件棉質長袍，也忘了這件長袍一路走來忠誠無私地陪在他身邊幫助他、掩護他的身分，只覺得這件衣服一直在阻礙他、找他麻煩。蟾蜍有如惡夢纏身般拚命撕扯那件詭異的東西，但那東西卻好像緊緊箝住他的手，不斷地嘲笑他，讓他完全使不上力。與此同時，其他旅客在他身後排成一條長長的人龍，不耐煩地等著，並向他提出一些不痛不癢、於事無補的意見，或是發表一些聽起來多少有點刺耳的看法。最後，不知怎的（老實說他從來沒搞清楚過任何事），他的手終於突破重重障礙、抵達目的地，摸到了所有背心上一定會有口袋的地方——結果他發現，不只沒有錢，連放錢的口袋也沒有，甚至連能縫上口袋的背心都沒有！

蟾蜍心裡湧起一陣恐懼，他想起他把自己的外套和背心，連同他的皮夾、錢、鑰匙、手錶、火柴和鉛筆盒，全都丟在地牢裡了。對他來說，這些東西將有錢的高等動物和沒錢的低等動物區分開來。有錢的動物，就是萬物的主宰；只有一點錢或沒錢的動物，就只能蹦蹦跳跳地到處流浪。這些東西，就是生命之所以有意義、值得繼續活下去的象徵。

在這種走投無路、狼狽不堪的情況下，他只好孤注一擲。他努力裝出沒事的樣子，再度擺出自己原有的優雅風度，也就是一種融合了鄉紳與大學校長的派頭說：「哎！我居然忘記帶錢包了。這樣吧，你先把票給我，我明天就會把錢寄還給你。我在這一帶可是知名人士呢，大家都認識我。」

售票員盯著蟾蜍和他頭上那頂褪色的黑色軟布帽，看了好一會兒，然後放聲大笑。他說：「如果妳老是要這套鬼花招，我敢說這一帶的人都會認識妳。好了，老太太，請妳離開窗口，妳擋住別人買票了！」

有位老先生已經在後面戳蟾蜍的背戳了好一陣子，這時乾脆一手把他推開；更過分的是，他居然叫蟾蜍「我的好太太」，這絕對是當晚所發生的一大堆事情當中，最令蟾蜍惱火的部分了。

蟾蜍不知道該怎麼辦才好，只能懷著滿肚子的委屈和絕望，漫無目的地沿著火車停靠的月臺往前走，豆大的淚珠順著雙頰滾落下來。他心想，眼看就快要平安到家了，卻因爲缺這幾個臭錢，還有多疑的售票員吹毛求疵、故意刁難，一切瞬間全都化爲泡影，眞的很令人沮喪。他逃獄的事很快就會被發現，緊接著就是一連串追捕，他一定會被抓回去，遭受辱罵，戴上鐐銬，被拖回監獄，再度陷入吃麵包、喝開水、睡稻草堆的苦日子，看守的警衛和刑罰一定也會加倍，而且……唉，老獄卒的女兒不知道會怎麼挖苦他呢！他天生就不是飛毛腿，跑不快，而且很不幸的，體型又很容易被辨認出來，該怎麼辦才好？咦，不知道能不能擠在車廂座位底下呢？他見過一些學生，因爲把體貼的爸媽給的車錢拿去花在別的地方，所以會用這種方式偷搭霸王車，他是不是也能如法炮製呢？正當他仔細思考的時候，發現自己不知不覺走到了火車頭旁邊。有個身材魁梧的司機一手拿著油壺、一手拿著一大塊棉紗團，正一臉認眞，呵護備至地擦拭車頭、上油保養。

「欸，老媽媽！遇到麻煩了嗎？妳看起來好像不太高興。」司機說。

「噢，先生！」蟾蜍又哭了起來。「我是個不幸的窮洗衣婦，我把所有錢都弄丟了，沒錢買車票，但我今天晚上非趕回家不可，不知道該怎麼辦才好。噢，天哪！」

「啊，這可眞傷腦筋，」司機若有所思地說，「錢掉了，又回不了家，我敢說家裡還有幾個孩子在等妳吧，對不對？」

「有好幾個呢！」蟾蜍抽抽噎噎地說。「他們會挨餓——偷玩火柴——把油燈打翻，哎呀！這些小淘氣！他們還會吵架鬧事，吵個不停。噢，天哪！」

「好吧，我倒想到了一個好辦法。」好心的司機說。「妳說妳是幫人家洗衣服的，對嗎？很好。而我呢，我是個火車司機，不用說妳也看得出來，開火車的確是個容易把衣服弄得很髒的工作。被我穿髒的襯衫一大堆，我太太洗都洗煩了。如果妳願意帶點衣服回家幫我洗，洗好了再幫我送回來的話，我就可以讓妳搭我的火車頭。雖然這違反公司規定，但這一帶很偏僻，搭車或查票之類的要求不會那麼嚴格。」

蟾蜍的傷心瞬間化爲狂喜，他迫不及待地爬上火車頭，進了駕駛室。當然啦，他這輩子從來沒洗過半件襯衫，就算他想洗，他也不知道怎麼洗，所以他根本就不打算洗。他心想：

「等我平安回到蟾蜍莊園，有了錢，還有口袋可以放錢之後，我就會立刻送一筆錢給這位司機，絕對夠他付一大堆洗衣費。這麼做還不是一樣？說不定更好呢！」

調度員揮舞著旗子，司機拉拉汽笛，響起愉快的哨音，接著火車便緩緩駛出了車站。車速越來越快，蟾蜍看見那些貨眞價實的田野、樹林、矮籬和牛、馬，全都飛也似的從他身體兩側一閃而過。他想到，每過一分鐘，他就離蟾蜍莊園更近；想到同情他的朋友、口袋裡叮噹作響的錢幣；想到可以睡在柔軟的床上、享用美味的食物，並暢談他的冒險故事和出色的聰明才智，聽大家誇獎他、佩服他——想到這一切，他忍不住開心地跳上跳下、大聲叫喊，斷斷續續地唱起歌來。火車司機看到他這副模樣，大為驚訝，因為他以前偶爾也遇過幾個洗衣婦，但是從來沒遇過像這樣的洗衣婦。

火車已經走了好遠好遠。正當蟾蜍盤算著一回到家要吃什麼當晚餐的時候，他注意到司機側著頭、仔細聆聽，臉上露出困惑的表情。接著，司機又爬上煤炭堆，越過列車車頂遠眺、凝望著後方。他回到車裡，對蟾蜍說：「奇怪了，我們是今晚這條路線的最後一班車，可是我敢發誓，我聽到還有一輛列車跟在我們後面！」

蟾蜍立刻拋開輕浮的態度，收起滑稽的動作，整個人變得既憂鬱又嚴肅。他下半截脊椎開始隱隱作痛、逐漸蔓延，一直傳到他腿上，讓他只想快點坐下來，努力克制自己不去猜測各種可能的情況。

這時，皎潔的月亮高掛天空，散發出耀眼的光芒。司機穩穩地站在煤炭堆上，藉著月光，他們身後的景物一覽無遺，就連很遠很遠的地方都看得到。

他立刻大喊：「現在我看清楚了！是火車頭，速度很快，正沿著我們這條鐵軌開過來了！看起來好像是在追我們耶！」

可憐的蟾蜍蹲在煤炭上，絞盡腦汁，拚命思考到底該怎麼辦才好，可是卻什麼點子也想不出來。

「他們速度好快，離我們越來越近了！」司機放聲大喊。「而且車上擠滿了看起來好奇怪的人！有的像是古代獄卒，拚命揮舞著長矛；有的像戴著頭盔的警察，甩著警棍；還有幾個穿得破破爛爛、戴著高禮帽的人，手裡還拿著左輪手槍和枴杖不停揮舞——雖然隔這麼遠，但我絕對不會看錯！他們很明顯全都是便衣警察，大家都在揮手，喊著同一句話——『停！停車！快停車！』」

蟾蜍撲通一聲跪倒在煤炭堆上，高舉著緊握在一起的前爪，哀求地哭喊：「救救我，好心的司機先生，求求你救救我，我願意向你坦白招認一切！我不是什麼普通的洗衣婦，更沒有什麼天眞淘氣的孩子在家裡等我！我是赫赫有名、受人愛戴的蟾蜍先生，是個有身分的地產大亨。我才剛憑著自己無畏的勇氣和智慧，從敵人手中逃出來。他們把我扔進一座可恨的地牢裡，關了好一段時間了，要是我又被後面那輛火車上的人抓住，那我這隻可憐、不幸又無辜的蟾蜍就會再次陷入戴鐐銬、吃麵包、喝開水、睡稻草堆的悲慘生活了！」

火車司機用非常嚴厲的眼神低頭看著蟾蜍說：「你老實告訴我，爲什麼會被抓進去坐牢？」

「沒什麼大不了的事，」可憐的蟾蜍漲紅了臉回答，「我只不過是在車主吃午飯的時候，借用了一下他們的汽車，反正他們當時也用不到啊！我並不是存心要偷車，眞的。可是有些人——尤其是法官們——卻把這種一時興起的衝動行爲與無心之過看得那麼嚴重。」

司機臉一沉，表情看起來非常嚴肅，接著說：「這樣聽來，恐怕你眞的是一隻壞蟾蜍。老實說我有權把你交由法律制裁。不過，你現在顯然遭逢危難、身陷困境，我不會見死不救。一來，我不喜歡汽車；二來，我討厭開火車的時候聽警察指揮、被他們呼來喚去的。再說，看到一隻小動物在我面前淚眼汪汪，我也於心不忍。所以，蟾蜍，加油！打起精神來！我會盡力幫你，我們一定能大獲全勝！」

他們拚命猛鏟煤炭，送進鍋爐裡；旺盛的爐火熊熊怒吼，火花四處飛濺，火車頭開始上下顫動、左右搖晃，快速往前奔馳；可是後面那輛火車還是逐漸逼近，他們之間的距離越縮越短。司機用廢棄的棉紗擦擦額頭，嘆了口氣：「蟾蜍，我們這樣恐怕是白忙一場。你看，他們的車頭比較好，性能更優良，跑起來又輕快，我們跑不過他們的。現在只有一個辦法，這是你唯一的機會，所以你一定要非常仔細地聽我說。前面不遠，有一條很長的隧道，出了隧道，火車就會經過一片非常濃密的樹林。穿過隧道的時候，我會加足馬力，用最快的速度行駛；但後面那些傢伙一定會爲了怕發生事故而放慢車速。一出隧道，我就會把蒸汽關掉，盡可能把煞車踩到最底，等車速慢到可以安全跳車時，你就跳下去，一定要在他們開出隧道、看到你之前，趕快跑進樹林裡躲起來。然後我再加快速度往前開，讓他們來追我，愛追多久就追多久。現在注意，準備好，我叫你跳你就跳！」

他們又往鍋爐裡添了更多煤炭，整列火車就這樣如閃電般衝進隧道。火車頭轟隆轟隆地向前飛馳，最後終於駛出隧道，奔入清新涼爽的空氣與溫和寧靜的月光裡。黑壓壓的繁茂樹林橫亙在鐵軌兩側，看起來似乎非常樂意幫助他們。司機關上蒸汽、踩住煞車，蟾蜍則走下去站在踏板上。當列車慢慢減速、降到像步行的速度時，他聽見司機大喊了一聲：「跳！」

蟾蜍縱身一躍，滾下一道短短的路堤。毫髮無傷的他趕緊站起來，連滾帶爬地跑進樹林裡躲好。

他瞇著眼睛往外窺探，只見他剛才搭的那輛列車又開始加速行駛，一轉眼就消失得無影無蹤。那輛追在他們後面的火車從隧道裡衝出來，一邊發出如雷的咆哮聲，一邊嗚嗚地鳴著汽笛。車上那群形形色色、魚龍混雜的人各自揮舞著手中不同的武器，不斷高聲吶喊：「停！停車！快停車！」等他們開過去之後，蟾蜍忍不住開懷大笑。這是他自從進了監獄以後，第一次笑得這麼開心。

可是，他很快就笑不出來了。他想到，現在已是深夜時分，外頭又黑又冷，他來到一座完全陌生的樹林，離熟悉的家和朋友還很遠，而且身上半毛錢也沒有，更別提什麼晚餐了。再說，火車轟隆轟隆的聲音消逝後，周遭的一切頓時陷入一片死寂，感覺起來特別恐怖。他不敢離開藏身的樹叢，又覺得還是離鐵路越遠越好，於是便鑽進了樹林深處。

在四周都是磚牆的監獄裡待了這麼久，眼前的樹林讓他感到非常詭異陌生，而且很不友善，好像故意要捉弄他、取笑他似的。夜鷹那宛如機械般的單調「嘎嘎」聲，讓他覺得林間彷彿暗藏著許多正在搜索他的獄卒，從四面八方逐漸向他逼近；有隻貓頭鷹突然靜悄悄地往下俯衝，毛茸茸的翅膀掃過他的肩頭，害他嚇了一大跳，以為那是一隻要抓他回去的手；接著，貓頭鷹又像飛蛾一樣輕輕掠過，發出一連串低沉的「嗬！嗬！嗬！」笑聲（蟾蜍覺得這樣很沒水準）。除此之外，他還碰到一隻狐狸，那隻狐狸停下腳步，用嘲諷的眼神上下打量了他一番，然後說：「喂！洗衣婆！這星期少了一隻襪子和一個枕頭套！小心點，下次別再

9 南方的呼喚

河鼠覺得好煩躁、靜不下來，他自己也不知道爲什麼會這樣。表面上，盛夏明豔燦爛、生氣蓬勃的景象仍維持在最美麗的顚峰，雖然耕地裡的翠綠已逐漸化爲金黃，花楸樹染上一層緋紅，樹林裡也已經東一處、西一處地綴上濃烈的黃褐色，但明朗的陽光、溫暖的天氣，以及繽紛的色彩依然沒有減弱，完全看不出任何一年將盡、寒冷與蕭瑟就要來臨的徵兆。不過，果園和矮樹籬間那連綿不絕的大合唱逐漸停歇，只剩下幾個孜孜不倦的表演者偶爾清唱一曲黃昏之歌；知更鳥又開始大出風頭；空氣中瀰漫著一種變遷與別離的氛圍；當然，杜鵑鳥早就靜悄悄的，陷入一片沉寂；可是，其他的羽毛朋友們這幾個月來一直是這片熟悉的風景，以及小小自然社會中的一部分，此時也慢慢消失不見，看來，他們的成員正一天天不斷減少。河鼠一直以來都非常關注鳥類世界的動態，並發現他們正日漸趨向南遷；甚至連晚上躺在床上的時候，他都能聽出那些急於南飛的鳥兒服從大自然專橫的呼喚，拍著翅膀掠過夜這段時間，到處都有動物忙著遷移，在這種情況下，實在很難靜下心來好好做事。河岸邊的燈心草叢長得又高又密，河流的流速逐漸變慢，水位也開始下降了。河鼠離開了河畔，漫無目的地往田野走去，然後穿過一、兩座地表龜裂、滿布塵埃的牧場，鑽進一大片麥田。田裡掀起一陣陣燦爛金黃的麥浪，發出細微的沙沙聲，充滿了許多寧靜的動作與呢喃細語。河鼠很喜歡來這裡散步，在強壯又茂密的麥稈森林間穿梭。那些麥稈高高地在他頭上撐起一片金黃色的天空，這片天空總是隨著微風翩翩起舞、閃閃發光，溫柔地輕聲說話；有時被路過的大風吹得歪歪斜斜，它也會等風走了之後再把頭一昂，開心地放聲大笑，恢復本來的模樣。河鼠在麥田裡也有許多體型嬌小的好朋友，儘管他們自己集結成一個完整的小社會，過著忙碌又豐富的生活，卻也總是能抽出片刻空閒和訪客聊聊天、交流一下資訊。可是今天不知道怎麼了，田鼠和禾鼠雖然還是很客氣、很有禮貌，但看起來好像心不在焉的樣子。他們有的忙著挖洞、鑿隧道；有的則分成小組，仔細研究小公寓的規劃和草圖，說明該如何建構才能達成小巧、緊湊又實用的目的，而且還得兼顧方便性，蓋在儲藏倉庫附近才行；有的正在把沾滿灰塵的行李箱與衣物籃拖出來；有的已經在埋頭打包自己的財物，地上到處都是一堆又一堆、一捆又一捆，等著要運走的小麥、燕麥、大麥、山毛櫸果實，以及各式各樣的堅果。

「老河鼠來啦！」他們一看見河鼠，立刻放聲大喊。「快過來幫忙呀，河鼠，別愣在那兒啦！」

「你們在玩什麼遊戲啊？」河鼠繃著一張臉，語氣非常嚴肅。「你們應該知道現在還不是考慮冬季別墅的時候吧？離冬天還早得很呢！」

「喔，對啦，這我們知道，」一隻禾鼠有點難為情地說，「不過把握時機，早點準備總是好的，不是嗎？我們必須趕在那些可怕的機器開始軋軋翻土之前，把這些行李、家具和儲備乾糧搬走。再說，你也知道，如今那些最好的小公寓很快就會被搶光了，要是晚了一步，就得隨便找個地方將就住下來；而且新公寓也得先好好整理一下才能搬進去呀。當然啦，我們知道現在就開始準備是有點早，不過我們也才剛起步而已。」

「哎，起什麼步呀！」河鼠說。「天氣這麼好，跟我一起去划划船、沿著樹籬散散步、到樹林裡野餐，或是隨便做點什麼都好啊。」

「嗯，我想我們今天還是不去了，謝謝你喔，」田鼠匆匆回答，「也許改天吧——等我們比較有空的時候——」

河鼠不屑地用鼻子哼了一聲，轉身就走，結果不小心被一個帽盒絆倒、摔了一跤，氣得罵了幾句髒話。

「如果人人都能多加小心，」有隻田鼠不太客氣地說，「走路的時候記得看路，就不至於傷到自己——也不至於失態啦。注意那個大旅行袋呀，河鼠！你最好找個地方坐下來，也許我們再過一、兩個鐘頭就有空陪你了。」

「我看哪，你們大概在聖誕節之前都不會『有空』吧。」河鼠一邊沒好氣地回嘴，一邊繞過一大堆行李雜物，走出麥田。

他垂頭喪氣地回到河邊——那是他忠誠、穩重的老河，永遠不會收拾行李離開，也不會搬進冬季別墅的老河。

他看見鑲在河畔那排垂絲飄揚的柳樹林裡，有隻燕子正在休息。過了不久，又飛來一隻，接著又來了第三隻。燕子們在枝頭蹦蹦跳跳，熱烈地低聲交談。

「什麼？現在就要走啦？」河鼠走到柳樹下對他們說。「你們急什麼啊？我覺得這真的太荒謬了。」

「噢，如果你是說離開的話，我們還沒有要離開呀。」第一隻燕子回答。「我們只是在討論計畫、安排一下，想想今年要走哪條路線、在哪兒休息之類的事。這也滿好玩的呢！」

「好玩？」河鼠說。「我真的不懂，要是你們非離開這個快樂的地方、那些想念你們的朋友，以及才剛安頓好的舒適小窩不就可惜了！到了該走的時候，我相信你們一定會勇敢地飛走，也相信你們會樂觀面對一切困難險阻、焦慮不安，以及變化莫測的新環境，努力說服自己日子過得還算開心。可是還沒到非走不可的時候，你們就先去討論，甚至先去設想，這未免也太——」

「哎，這你當然不了解嘍。」第二隻燕子說。「首先，我們感到內心有股騷動，一種甜蜜的不安；然後，過去的回憶和往事就像信鴿一樣一件一件地飛了回來。它們晚上在我們的夢裡翺翔，白天就跟我們一起在空中盤旋。當那些早已遺忘的地名、氣味和聲響一一飛回來向我們招手時，我們心裡就會湧上一股渴望，想互相詢問對方、交換資訊，好讓自己確信這一切都是眞的。」

「難道你們今年就不能留下來嗎？」河鼠提出建議，語氣中流露出一絲惆悵。「我們會盡力讓你們覺得好像在自己家一樣舒適安穩。你們每年都在那麼遠的地方，根本不知道我們在這兒過得有多開心呢。」

「有一年，我試著留下來。」第三隻燕子說。「當時因爲我越來越喜歡這個地方，所以到了該離開的時候，我就選擇留下來，沒跟大家一起走。剛開始幾個星期，一切都還不錯，可是後來——哎呀，黑夜太漫長了，好無聊啊！白天也沒有陽光，讓人凍得直發抖！空氣中瀰漫著一股又濕又冷的寒意，就連田裡也找不到半隻蟲子！不，再這樣下去不行。我的勇氣瞬間崩解。於是，在一個天寒地凍的暴風雪夜裡，我就張開翅膀、順著強勁的東風往內陸飛。飛過高聳的群山時，突然下起了大雪，我使勁拍著翅膀、費了好大的力氣拚命和風雪搏鬥，最後才終於越過山巔。不過。我永遠忘不了，當我迅速朝下俯衝、掠過平靜無波的藍色湖水時，陽光灑在我背上的那種溫暖；我永遠忘不了，吃到第一隻肥美蟲子的滋味，那種感覺眞的好幸福！接下來一週又一週，我不停地往南飛，只覺得過去的時光就像一場惡夢，未來全是快樂的生活。我輕鬆地飛、悠閒地飛，想逗留多久就逗留多久，只要隨時注意南方的呼喚就好！所以，不行，我不能留下，我已經得到教訓了。我再也不敢違抗南方的呼喚了。」

「啊，沒錯，南方的呼喚，來自南方的呼喚！」其他兩隻燕子像做夢般悠悠地附和道。「南方的歌，南方的色調，還有南方明朗燦爛的天空！噢，對了，你還記得——」燕子們只顧著沉浸在熱情的回憶裡，完全忘了河鼠的存在。河鼠聽得非常入迷，他的心開始燃起一股深切的渴望；他知道，一直以來潛藏在他體內那根沉睡的心弦，此刻終於顫動起來了。光是聽這些準備南飛的鳥兒閒聊，講些不是很精采的二手傳聞，就足以喚醒這種狂放的全新感知，一股興奮的刺激感宛如電流般竄過他全身。如果能親自體驗一下，感受南方陽光的熱情撫觸、南方香風的輕柔吹拂，不知道會是什麼感覺？他閉上雙眼，大膽地在幻夢裡盡情沉溺片刻；等他再度睜開眼睛時，那條大河似乎蒙上一層冷冰冰的灰藍色，翠綠的田野也變得暗淡無光了。他那顆忠誠的心彷彿正大聲呼喚著那個軟弱的自我，譴責他的背叛。

「那你們為什麼還要回來？」他嫉妒地問燕子。「這片可憐的灰暗小世界到底有什麼吸引你們的地方？」

第一隻燕子說：「當一定的季節來臨時，我們同樣也會感受到另一種呼喚。豐美的草原、濕潤的果園、滿是昆蟲的暖池塘、漫步吃草的牛群、曬乾的稻草、完美的屋簷，還有周圍的農場建築，這些全都在呼喚我們呀！」

第二隻燕子說：「你以為只有你才渴望再次聽見杜鵑的啼聲嗎？」

第三隻燕子說：「時節一到，我們就會開始想家，懷念起英國溪水上靜靜搖曳的睡蓮。不過現在那一切似乎都非常微弱淡薄、非常遙遠。我們的血液正隨著另一種音樂起舞呢。」

話一說完，這三隻燕子又開始嘰嘰喳喳，自顧自地聊了起來。這次令他們陶醉的話題是紫羅蘭色的海洋、黃褐色的沙灘，還有爬滿壁虎的牆。

河鼠再次懷著躁動不安的心情走開了。他爬上大河北岸那片緩坡，躺了下來，往南方遠眺。南邊那條巨大的環狀丘陵帶擋住了他的視線，他看不到丘陵帶以南更遠的地方——迄今為止，那就是他的地平線、他的夢幻山脈、他的目光極限，在那之外，就沒有什麼值得他去看或去了解的東西了。可是今天不一樣。今天他遠望南方的時候，心中激起了一種新生的渴望，清澈的天空懸掛在連綿低矮的丘陵上方，彷彿顫動著希望。今天，那些看不到的東西成了至關重要的一切，那些未知的事物成了生命中唯一的眞實。此時此刻，他內在的眼睛看得很清楚：山這邊，是一座全然眞切的虛空世界；山那邊，是一片熙熙攘攘、色彩繽紛的生活全景。那裡有碧波蕩漾、白浪翻滾的海洋！一棟又一棟白色別墅佇立於沐浴著陽光的海岸上，在橄欖樹林的掩映下閃著點點晶亮！還有停滿了氣派船舶的寧靜港灣，那些船正準備開往低低隆起在恬靜的海面上、盛產美酒與香料的紫色島嶼！

他站了起來，再次往河岸走去；隨後他改變心意，轉向塵土飛揚的小徑。他躺了下來。在小徑兩側枝葉交錯、繁茂陰涼的矮樹籬遮蔽下，他可以默默凝望那條碎石路，想像這條路所通往的那個奇妙世界，還可以觀察路上來來往往的旅人，想像他們前往尋求、或不尋自來的好運和奇遇——就在那裡，在遠方，那個遙遠的國度！

這時，一陣腳步聲傳來，一個長途跋涉的疲倦身影映入河鼠眼簾。原來是一隻全身滿是塵埃、灰頭土臉的老鼠。那隻徒步旅行的老鼠走向他，用一種略帶異國風情的陌生禮儀打了個招呼、向他致意，然後猶豫了一會兒，便帶著愉快的微笑離開碎石路，走進陰涼的矮樹籬，在他身旁坐下。這隻老鼠看起來好像很累的樣子，於是河鼠就讓他在那裡休息，沒有多問什麼，因爲他多少明白老鼠的想法和心情，也了解所有動物在疲乏的肌肉鬆弛下來、只有思緒活動的時候，往往只需要靜靜的陪伴；在這種情況下，彼此無言相伴比什麼都還要寶貴。

這隻過路的老鼠長得瘦瘦的，臉很尖、樣子看起來很機靈；他的肩膀有點駝，爪子又細又長，眼角布滿皺紋；兩隻纖巧優美、形狀漂亮的耳朵上，戴著亮亮的金耳環。他身穿一件褪色的藍色針織上衣、一條底色是藍色的長褲，褲子上到處都是汙漬，綴滿了許多補丁。他帶的東西很少，全都放在一條藍色的棉布手帕裡，紮成一個小包袱。

這位陌生的旅人休息了一會兒，嘆了口氣，然後用鼻子嗅嗅空氣，環顧四周。

「微風吹來的陣陣暖香，是苜蓿的味道。」他說。「從我們身後傳來的是牛的吃草聲，每吃一口，就輕輕噴一下鼻息。遠方有收割機的聲音。那邊，靠近樹林前方，有縷青煙從農舍煙囪飄出來。因爲我聽見黑水雞的叫聲，所以我想附近某個地方一定有河水流過。根據你的體格來看，你應該是河流、湖泊一類的淡水水手。一切的一切彷彿都在沉睡，卻又不斷行進、變化萬千。朋友，你的日子過得滿不錯的，只要你身強體壯、能繼續走下去，你的生活一定是這世界上最美好的生活！」

「是啊，這才叫生活，唯一值得過的生活。」河鼠像做夢般恍恍惚惚地說，但以往蘊藏在語氣中那種堅定的自信消失了。

「我也不完全是這個意思。」老鼠謹愼地回答。「不過，這無疑是最好的生活。我試過，所以我懂。正因爲我剛經歷了六個月這樣的日子，所以才敢說這種生活是最棒的。你看看我，腳又瘦、肚子又餓，正要離開這種生活，流浪到南方，聽從大自然古老的呼喚，回到過去熟悉的生活。那是屬於我的生活，永遠擺脫不了的生活。」

「這麼說，他也是要往南方遷移的動物嘍？」河鼠暗暗心想。接著他問道：「你是從哪裡來的啊？」他不敢問老鼠要去哪兒，因爲他覺得自己心裡已經有答案了。

「一個漂亮的小農村，」老鼠簡單地回答，「就在那個方向——」他往北方點點頭。「這也不重要了。我在那裡什麼都有，任何我期待在生命中擁有的東西，我全都有，甚至更多。可是現在我來到這裡啦！不過這裡也很棒，我也很喜歡這裡！因爲我已經走了好遠好遠的路，離我心渴望的地方越來越近了！」

他的雙眼閃閃發光，緊盯著地平線，看起來好像在傾聽某種聲音；那種聲音不同於牧場和農莊的歡樂音樂，是一種內陸地區沒有的歌聲。

「你不是我們這邊的動物，」河鼠說，「也不是農夫，更不是……嗯，依我看，你也不是本國的老鼠。」

「沒錯，」這位陌生的旅人說，「我是一隻四處航海、以海爲家的海鼠。我從君士坦丁堡啓程，事實上，我在那兒也算是一隻外國鼠。朋友，你聽說過君士坦丁堡嗎？那是一座非常美麗、古老又光榮燦爛的城市喔！你應該也聽說過挪威國王西格爾德吧？他曾率領六十艘船航向君士坦丁堡，他和隨從騎馬進城的時候，滿街都懸掛著金色和紫色的天棚歡迎他、向他致敬呢！而且君士坦丁堡的皇帝和皇后還登上他的船，參加他在船上舉行的盛宴。西格爾德回國時，他手下有許多北歐人都留下來沒走，加入了皇帝的御林軍。我有一位祖先是土生土長的挪威鼠，他也隨著西格爾德贈予皇帝的那艘船留下來了。自此之後，我們這個家族就自然而然地成爲航海的水手。對我來說，我出生的城市固然是我的家，但從那裡到倫敦之間的任何一個迷人的港口，更是我的家，我對它們瞭若指掌，它們也都認識我、跟我很熟。我只要隨便去到任何一個港口或海灘，就等於回到家一樣。」

「我想你一定常常航行到遠洋吧。」河鼠對這位陌生旅人的興趣越來越濃。「好幾個月都看不到陸地，糧食越來越少，就連飲水也要嚴格配給，但你的心總是和大海相通、彼此交流，諸如此類的對不對？」

「老實說，完全不是這樣。」海鼠坦白地說。「你說的這種航海生活完全不適合我。我主要是跑沿岸貿易的航線，幾乎無時無刻不看得到陸地。岸上的快樂時光就跟航海一樣，都很吸引我。啊，那些南方的海港！那些氣味，還有夜晚閃爍的停泊燈，多美呀！」

「嗯，或許你選的是一種更好的生活方式。」河鼠帶著懷疑的口氣說。「如果你願意的話，請講點有關海岸生活的故事給我聽好嗎？談談一隻生氣勃勃的動物能從這種生活中得到什麼樣的收穫、能把什麼樣的東西帶回家，好讓他晚年坐在火爐邊時，能用什麼樣勇敢的回憶來溫暖自己的心。至於我嘛，老實告訴你好了，我覺得我的生活太局限、太狹隘了。」

「我上一次出海，」海鼠開始娓娓道來。「是希望能打造一座屬於自己的內陸農莊，於是我就來到這個國家，踏上這片土地。這次航行，可以說是我歷來的航海經驗中最好的例子，也算是我這絢爛生活的縮影。一如往常，我這次出門是因爲家庭糾紛。我注意到家務風暴即將來襲，於是便登上一艘自君士坦丁堡啓程的小商船，橫渡閃耀著歷史波光、乘載著回憶浪濤的古代海洋，航向希臘群島與東地中海一帶。海上每一道浪花都蕩漾著令人難忘的不朽回憶。那些日子裡，白天陽光燦爛，夜晚微風徐徐，船不停地進港、出港，到處都遇得到老朋友！炎熱的白天，我們就待在涼爽的古廟或廢棄的蓄水池裡酣睡；等到太陽下山後，我們就在繁星點點、宛如天鵝絨般絲滑的夜空下開心宴飲、放聲高歌！接下來，我們從那裡轉向亞德里亞海沿岸，那一帶的海岸瀰漫著琥珀色、玫瑰色和淡藍色的氣息。我們停泊在四周陸地環抱、遼闊寬廣的港灣裡，在古老又偉大的城市中漫遊；最後，某天早晨，太陽壯麗地升起，於是我們就沿著金黃燦爛的航道駛進了威尼斯。啊，威尼斯眞是一座美麗的城市！在那裡，老鼠可以自由自在地到處閒逛、盡情玩樂；要是玩累了，晚上還可以坐在大運河邊，跟朋友們一起吃吃喝喝、享受盛宴。天上綴滿了閃亮的星星，空中瀰漫著優雅的樂聲，運河上停著許多輕輕搖曳的貢多拉船，鋼製的船頭閃爍著點點銀光，一艘緊挨著一艘，你都能踩著船身跨越運河、走到對岸呢！還有食物——說到這個，你喜歡吃貝類嗎？哎，算了算了，我們現在還是別聊吃的好了。」

海鼠閉上嘴巴，安靜了一陣。河鼠也默不作聲，他聽得好入迷，彷彿正在夢中的運河上隨波漂流，同時聽到一首如幽靈般的幻歌，在霧氣濛濛、水花拍擊的河牆間迴盪。

「最後我們又航向南方，」海鼠再度開口，「沿著義大利海岸航行，來到巴勒摩。我在那兒離船上岸，逗留了很久，度過一段非常快樂的時光。我從來不會死守著同一條船，那樣很容易會讓人變得思路閉塞、想法偏頗。另外，我也非常喜歡西西里島，那裡的人我都認識，他們的生活方式和風格很合我的口味。我在島上和朋友們一起待在鄉間，玩了好幾個星期，過得非常開心。等到我開始覺得膩了，就搭上一艘航向薩丁尼亞與科西嘉的商船，再次享受清新的微風和鹹鹹的浪花撲在臉上的感覺。眞的好快樂喔。」

「可是那個地方不是很悶熱嗎？下面那邊——我想你們是叫『貨艙』，對不對？」河鼠問道。

海鼠瞥了他一眼，看起來好像眨了一下。「我是個老手啦，」他直率地說，「船長室對我來說已經夠好了。」

「大家都說，航海生活很辛苦呢。」河鼠喃喃低語，陷入沉思。

「對水手來說眞的很辛苦沒錯。」海鼠嚴肅地回答，再次若有若無地眨了一下眼睛。

「在科西嘉的時候，」他繼續說，「我搭上一艘運葡萄酒去大陸的船。我們在傍晚時抵達義大利的阿拉西奧。船開進港口，我們用繩子把酒桶串成一長串，然後抬起來扔下船，接著船員們再登上小船，一邊唱歌、一邊划向岸邊；小船後方拖著在海面上起起伏伏、綿延了一哩的酒桶，好像一大排鼠海豚。沙灘上已經備好馬匹等著，馬兒就這樣拉著酒桶，哐啷哐啷地衝上陡峭的小鎭街道。運完最後一桶酒之後，我們就各自散開，好好放鬆、休息一下，然後再去找朋友喝喝酒，聊天聊到深夜。第二天早上，我就到大橄欖林裡消磨時間，好好休息；因爲這時我已經對海島沒什麼興趣，不但去過了很多港口，就連船也坐夠了，所以我就待在農村裡，過著懶洋洋的生活，躺在那裡看農民工作，或是張開四肢躺在山坡上，遠眺腳下蔚藍的地中海。於是我就這樣輕輕鬆鬆，有時走海路、有時走陸路，最後終於來到了法國馬賽，見見老船友，參觀一下遠洋巨輪，然後再一次開心地吃喝玩樂。哎，我居然又聊到貝類了！跟你說，我有時候夢到馬賽美味的鮮貝，還會哭醒哩！」

「這倒提醒了我，」很懂禮貌的河鼠說，「你剛才提到你餓了，我應該早點說才對。你願意暫時休息一下，留下來跟我一起吃午餐嗎？我家就在附近。現在已經過中午了，歡迎你來我家吃頓便飯啦。」

「喔，你人眞好，眞夠朋友！」海鼠說。「我坐到你旁邊的時候確實是餓了，後來無意間聊到貝類，我就餓到胃痛。不過，你可以把食物拿來這邊嗎？除非萬不得已，不然我不太喜歡到屋子裡，那感覺好像鑽進甲板下一樣。再說，我們還可以一邊吃，一邊聊有關我的航海經歷和愉快的生活——嗯，至少對我來說是很愉快啦！而且我看你聽得這麼專心，所以我猜你應該也很喜歡這類故事。如果到室內去的話，我有百分之九十九的機率會馬上睡著。」

「這個主意很棒耶！」河鼠話一說完，便急急忙忙地跑回家。他拿出午餐籃，準備了一頓簡單的餐點。他考量到海鼠的出身和喜好，特別拿了一根長長的法國麵包、一條蒜味香腸（裡面的大蒜正在唱歌）、一些乳酪（它們正躺在籃子裡大叫），還有一只用稻草裹著的長頸酒瓶，裡面裝著從遙遠的南方山坡上採摘下來的陽光，以及窖藏的香醇美酒。他把籃子裝得滿滿的，接著飛也似的跑回矮樹籬。他們倆一起把籃子掀開，將裡面的食物和飲料拿出來，擺在路邊的草地上。海鼠對河鼠挑選食物的品味讚不絕口，河鼠開心得臉都紅了。

海鼠稍微塡飽肚子後，就繼續接著談他最近一次航海經歷，帶著這位單純的聽衆遊遍西班牙所有港口，登陸葡萄牙里斯本、波爾圖和法國波爾多，來到位於英國康瓦爾郡與德文郡的可愛港灣，然後沿著海峽前進，進入最終的碼頭區。他頂著惡劣的天氣和暴風雨，逆風航行了好長一段時間，終於踏上了陸地，捕捉到春天捎來的第一個神奇暗示和預報，燃起了他內心的渴望。於是，他懷著想遠離令人生厭的海洋、體驗安靜田園生活的心情，快步展開一場長途跋涉、通往內陸的流浪之旅。

河鼠聽得目瞪口呆，興奮到全身發抖。他的心跟著這位冒險家的描述，一步步走過暴風雨肆虐的海灣，穿過擁擠的船隻停泊處，順著奔流的海潮越過港口的沙洲，直上蜿蜒的大河，瞥見隱藏在河流急彎處的繁忙小鎭，最後卻來到單調乏味的內陸農莊，獨留他遺憾地嘆了口氣。有關田野生活的事，他一點也不想聽。

這時，他們吃完了午餐。海鼠的體力再度恢復，精神也變好了；他的聲音更加動人心弦，雙眼宛如遙遠的海上燈塔，閃爍著熠熠光芒。他倒了滿滿一杯豔紅晶亮的南方佳釀，往前俯身貼近河鼠，一邊侃侃而談，一邊用迷人的眼神緊緊抓住河鼠的身、心、靈。那雙眼睛就像在波濤洶湧的北海上盡情翻騰、變幻莫測的浪沫，透著深邃的灰綠；杯子裡耀眼如紅寶石的酒就像是南方的心，正爲了勇敢應和南方脈搏的他不停跳動。這兩道亮光——變幻不定的灰與凝滯不變的紅——完全主宰了河鼠，牢牢地捆綁他，讓他心醉神迷、癱軟無力。這兩道光以外的寂靜世界已經逐漸遠去、不復存在，只剩下海鼠的說話聲，他那奇妙又美好的言語如潮水般奔流不息——究竟是說話聲，還是時而化作歌曲，變成水手們一邊拉起濕淋淋的船錨、一邊高唱的起錨歌，帆索在呼嘯的東北風中嗡嗡低吟，漁人們在日落時分的杏黃色天空下一邊拉網、一邊哼唱的歌謠，抑或東地中海帆船或貢多拉船上的吉他與曼陀鈴樂音？還是這說話聲又變成了風聲，一開始嗚咽悲鳴，然後逐漸增強，變成憤怒的咆哮，再轉爲撕心裂肺的尖叫，接著又逐漸降低，化作被風吹飽的船帆邊緣在空氣中震動，有如涓涓細流的悅耳顫音？這位著迷的聽者彷彿聽見了所有聲響，其中還夾雜著海鷗與海燕的飢餓哀鳴、浪濤拍岸時輕柔的轟隆聲，以及卵石灘表示抗議的哭喊。這些聲音過去了，海鼠的說話聲再度浮現。河鼠揣著一顆怦怦狂跳的心，跟著這位冒險家造訪了十幾個海港，經歷了戰鬥、脫險、聚會，和與戰友並肩、見義勇爲的壯舉。他有時在海島之間探險尋寶，有時在寧靜的潟湖上釣魚，有時又整天躺在溫暖的細白沙灘上打盹。他聽他聊深海捕魚，用一哩長的大網撈起銀光閃閃的魚群；聽他講突如其來的危險，那些在月黑風高的夜晚來襲的狂浪怒吼，瀰漫著濃霧的空中猛然出現遠洋巨輪高聳的船頭；聽他說返回故鄉的歡樂，船隻繞過海岬，駛進燈火通明的海港——碼頭上隱隱約約有許多人影在晃動，有許多人群在歡呼，粗大的船纜繩

邊的白色小屋就會從我們身邊慢慢滑開，航海之旅正式開始！當船駛向海岬時，她全身上下都會披滿帆布；一到外海，她便迎著浩瀚汪洋的萬頃碧波，乘風破浪，直指南方！」

「你呢，小兄弟，你也要跟我一起來。因爲光陰一去不復返，而南方卻還在等你呢。勇於展開冒險，留心聽從呼喚，趁時機還沒溜走前趕快行動吧！你只要『砰』地關上身後的門，往前邁出愉快的一步，你就走出了舊生活、踏入了新生活！很久很久以後，有一天，杯子裡的酒喝乾了、好戲也演完了，如果你願意，你就慢慢地跑回家，在你那安靜的大河邊坐下來，和腦海中一大堆美好又精采的回憶作伴。你在路上很容易就能趕上我，因爲你還年輕，而我卻已經上了年紀，行動遲緩了。我會慢慢地走，也會時常回頭，我相信，到最後我一定會看見你臉上洋溢著南方的熱情，懷著殷切的渴望和一顆愉快的心，朝著我跑過來的！」

海鼠的聲音越來越小、逐漸消失，就像昆蟲的小喇叭由強轉弱，化爲一片沉寂。河鼠愣愣地癱在那兒凝望著前方，最後只看見海鼠的身影成爲白色路面上一個遙遠的小黑點。

他像機器一樣呆呆地站起來，開始慢條斯理、仔細地收拾午餐籃。他像機器一樣呆呆地回到家裡，整理了一些日用必需品和自己珍愛的寶貝，裝進一個小背包裡。他從容不迫地打點一切，宛如夢遊般在屋子裡轉來轉去，一邊張著嘴、一邊側耳傾聽。他把小背包甩到肩上，挑了一根粗木棍，準備踏上遠行的路。他一點也不著急，但也毫不遲疑，一腳踏出了家門。就在這個時候，鼴鼠出現在他家門口。

「河鼠，你要去哪裡？」鼴鼠大吃一驚，連忙抓住河鼠的手臂問道。

「跟他們一起到南方去。」河鼠如夢囈般喃喃低語，完全沒看他一眼。「先去海邊，再坐船，然後到那些呼喚我的海岸去！」

河鼠堅定地往前走，依舊不慌不忙，同時卻露出一副不達目的絕不罷休的決心。鼴鼠嚇壞了，連忙用身體擋住河鼠，盯著他的眼睛看。他發現，河鼠目光呆滯，眼珠裡泛著一種如波浪般浮動的灰色條紋——那不是他朋友的眼睛，而是其他動物的眼睛！他用力抓住河鼠，把他拖進屋子裡，推倒在地上，壓住他的身體不放。

河鼠拚命掙扎了一會兒，接著，他身上的力氣彷彿突然從體內流光似的，他雙眼緊閉，筋疲力盡地靜靜躺在那裡，全身不停顫抖。鼴鼠趕緊扶他起來，坐到椅子上；他全身癱軟地坐著，蜷縮成一團，身體劇烈抽搐，隨後爆出一陣歇斯底里、沒有眼淚的乾嚎。鼴鼠把門關緊，將小背包丟進抽屜裡鎖好，然後靜靜地坐在河鼠身邊的桌子上，等著這陣詭異的「怪病」發作完畢。河鼠漸漸陷入驚悸不寧的淺眠狀態，有時會猛然驚醒，嘴裡咕噥著一些有的沒的，在懵懂的鼴鼠聽來，那些全都是奇怪又荒誕的異國故事。在這之後，河鼠就沉沉地睡著了。

鼴鼠的思緒很混亂，心情焦慮不安，於是他便暫時離開河鼠，忙著整理家務。天快黑的時候，他回到客廳，看到河鼠仍呆呆地留在原地，樣子雖然沉默、沮喪又無精打采，但確實已經完全清醒了。他匆匆瞥了一下河鼠的眼睛，發現那雙眼睛又變得像以前一樣清澈、揉雜著烏黑和棕褐，讓他非常滿意。於是鼴鼠坐下來，試著讓河鼠打起精神，談談剛才發生的事。

可憐的河鼠非常努力，盡可能把今天發生的事一點一滴地說給鼴鼠聽，可是那些大多屬於暗示性的影射，又怎麼能用冰冷的言語解釋呢？他該怎麼對另一個人複述那曾對他歌唱的迷人海聲，又該如何才能再現海鼠那萬千往事的魔力？現在魔咒已經破除了，誘人的魅力消失了，那件幾個小時以前勢在必行、似乎是全世界唯一重要的事，連他自己也很難說得清楚。所以，他無法如實表達，讓鼴鼠明白他所經歷的一切，也不是什麼奇怪的事了。

對鼴鼠來說，整件事情很簡單：雖然那陣奇怪的狂熱病或打擊讓河鼠受到驚嚇、情緒低落，但終究已經過去了，現在河鼠又清醒過來，恢復正常的樣子。不過，他一時之間似乎對日常生活中的事物失去興趣，就連季節更迭所帶來的各種變化、活動和好玩有趣的事先計畫，他也無心安排了。

後來，鼴鼠以一種好像漫不經心、隨意閒聊的方式，把話題轉到正在收割的農作物。他說到裝得像小山一樣高的馬車、奮力拉車的馬匹、越疊越高的乾草堆，還有那又大又圓的月亮冉冉上升，照耀著光禿禿、綴有一捆捆稻草的田地；他講到附近的蘋果都變紅了，堅果的顏色也越來越深，還聊到製作果醬、糖漬蜜餞和蒸餾甜酒。他就這樣一件一件輕鬆地說，說著說著，就談到了隆冬，像是冬天的熱鬧歡樂，以及溫暖舒適的居家生活。談到後來，他不像是在聊天，而是在吟詩呢。

河鼠開始慢慢坐了起來，加入鼴鼠的談話。他呆滯的眼神明亮了起來，無精打采的樣子也逐漸消散了。

機靈的鼴鼠趁機溜出去，拿了一枝鉛筆和幾張紙，放在桌上，就壓在河鼠的手肘旁邊。

「你好久沒寫詩了。」他說。「今天晚上你可以試著寫寫看，而不必——呃，苦苦思索，老是煩惱一大堆事。我想，要是你能寫下幾行，哪怕只是幾個韻腳，你就會覺得好多了。」

河鼠一臉倦怠地把紙推開，不過細心的鼴鼠找了個藉口離開客廳。過了一會兒，鼴鼠偷偷站在門邊往裡頭窺探，只見河鼠正全神貫注地盯著紙張，他一下子塗塗寫寫、一下子又咬咬鉛筆，將整個世界拋諸腦後，完全無視周遭的一切。雖然他咬鉛筆的時間比寫詩的時間多很多，但鼴鼠還是覺得很高興。他知道，他的「心藥」開始發揮作用了。

10 蟾蜍歷險記（二）

空心樹幹的洞口朝向東方，因此蟾蜍一大早就醒了。一部分原因是因爲明亮的陽光從洞口射進來，照在他身上，一部分是因爲他的腳趾嚴重發冷，冷到讓他做了一個夢。他夢見自己在冷冽的冬夜裡，睡在家中那間帶有都鐸式窗戶的漂亮臥房床上，他的被子全都爬起來不停地抱怨抗議，說它們受不了這種寒冷，然後就全都跑下樓到廚房烤火了。他打赤腳跟在後面，跑過好幾哩長的冰涼石板廊，一路上不斷跟被子爭論，求它們講點道理。要不是因爲他曾在硬石地的稻草堆上睡過好幾個星期、幾乎完全忘了厚厚的毛毯一直蓋到下巴的那種溫馨感，他可能還會醒得更早。

他坐起來，揉揉眼睛，又搓搓那雙不停抱怨的腳尖，納悶了一會兒，搞不清楚自己到底在哪裡。他環顧四周，尋找那熟悉的石頭磚牆與裝了鐵條的小窗；然後，他的心猛然一震，什麼都想起來了——他越獄、逃亡、被人追捕，最棒的是，他自由了！

自由！光是這個字眼和這個念頭，就價值五十條毛毯了。外面那個快樂的世界，正熱切地等待他大獲全勝、凱旋歸來，準備為他效勞、討他歡心，急著幫助他、陪伴他，就像他遭逢不幸前的那些老時光一樣。想到這裡，他覺得全身上下都暖暖的。他抖抖身子，用爪子梳掉毛髮中的枯葉。梳洗完畢後，他大步走進舒適溫和的晨光裡。他雖然又冷又餓，但體內卻充滿了信心和希望。充分的睡眠和休息，加上令人振奮的直率陽光，將昨天的一切緊張與恐懼全都趕走了。

在這個夏天清晨，整個世界只屬於他一個人。他穿過綴滿露珠的樹林時，林中靜悄悄的，透著一股孤單的氣息；走出樹林後，青綠的田野也都專屬於他，愛做什麼都可以。他走上大路，空氣中瀰漫著寂寞冷清的味道，那條路彷彿一隻迷途的流浪狗，急著想找個伴。不過，蟾蜍卻在尋找一個會說話、能告訴他該往哪裡走的東西。是啊，要是一個人輕鬆自在、問心無愧、口袋裡有錢，又沒人到處搜捕你、要抓你回監獄，那你隨便選哪條路、走哪個方向都一樣，完全不用在意。但是，實事求是的蟾蜍卻在意得不得了，非常關心這條路會把他帶到哪兒去，尤其每分鐘對他來說都至關重要，而這條路卻始終保持靜默，什麼忙也幫不上！蟾蜍氣壞了，恨不得想狠狠踹它幾腳。

過沒多久，這條沉默寡言的鄉間道路就多了一個害羞的小弟——一條小運河。大路和小河手牽手、肩並肩，慢慢地往前走；它們非常信任彼此，而且對陌生人同樣抱著不理不睬的態度、緊閉嘴巴，一句話也不說。「這兩個傢伙眞討厭！」蟾蜍自言自語地說。「不過，不管怎樣，有一點很明顯，它們一定是從某個地方來、要到某個地方去的。蟾蜍，好傢伙，別氣餒，繼續加油！」他努力替自己打氣，耐著性子繼續沿著河邊前進。

繞過運河轉彎處的時候，有匹孤零零的馬迎面走來。那匹馬腳步沉重，走得非常吃力，而且佝僂著身子，好像在想什麼煩心的事。他的軛具上繫著一條長長的繩子，繃得非常緊，但隨著他的步伐，繩子會規律地鬆落、浸一下水，讓繩索遠端不停滴著如珍珠般的水珠。蟾蜍站到旁邊，讓路給馬兒走，等著看命運會爲他帶來什麼樣的事物。

這時，一艘平底船滑了過來，和他並排前進，鈍鈍的船尾在平靜的水面上激起一陣可愛又愉快的漩渦。這艘船的船舷漆著鮮豔的色彩，船身和曳船道一樣高；船上唯一的乘客，是個頭戴麻布遮陽帽的肥胖婦人，一隻粗壯有力的手臂正倚在舵柄上。

當船開到蟾蜍身邊時，那位婦人跟他打了聲招呼：「夫人，早安，今天天氣眞好呀！」

「是啊，夫人，」蟾蜍一邊彬彬有禮地回答，一邊沿著曳船道和她並肩往前走。「我想，對那些不像我這樣遇到麻煩的人來說，的確是個美好的早晨。妳看，我那個嫁出去的女兒寄了一封十萬火急的信給我，要我馬上趕到她那裡去，所以我就急急忙忙出門了，也不知道到底發生了什麼事，或是會碰上什麼事，就怕情況不妙。夫人，要是妳做了母親，就會了解我的心情。我不但得丟下自己的生意——噢，忘了說，我是做洗衣服那行的——還得把那群年幼的孩子留在家裡，讓他們自己照顧自己，這些小鬼頭，世界上再也沒有比他們更淘氣、更會搗亂的孩子了。更糟糕的是，我還丟了錢包、迷了路。至於我那個嫁出去的女兒到底出了什麼事……唉，夫人，我連想都不敢想呢！」

「夫人，妳那個嫁出去的女兒住在哪裡？」船婦問道。

「住在大河附近，夫人，」蟾蜍說，「緊鄰著那棟名叫蟾蜍莊園的漂亮房子，就在這一帶的某個地方。也許妳有聽過也說不定？」

「蟾蜍莊園？噢，我正要往那個方向去呀！」船婦說。「再往前幾哩，這條運河就會匯入大河，大概在蟾蜍莊園上游的地方，那邊離莊園很近。上船吧，我載妳一程。」

她把船靠到岸邊，蟾蜍萬分感激，輕盈地踏上船，心滿意足地坐下來。「蟾蜍的好運又來啦！」他心想，「我永遠都是最後的贏家！」

「夫人，妳說妳是做洗衣這一行的，對不對？」平底船在水面滑行，船婦一邊撐船，一邊很有禮貌地說。「我敢說妳的生意一定很不錯，希望我這麼說不會太冒失才好。」

「生意非常好，可說是全國最好的呢！」蟾蜍飄飄然地說，口氣有點輕浮。「所有上流人士都來找我洗衣服，就算拿錢倒貼他們，他們也不願意找別人。他們都跟我很熟了。妳不知道，我對我的工作非常在行，精通各種洗衣技巧，而且全由我親自動手。不管是洗衣、熨衣、上漿，還是修補男士們精緻講究的晚宴襯衫，所有事情都是我親自監督完成的！」

「不過，那麼多工作總不會全是妳一個人做吧，夫人？」船婦語帶尊敬地問。

「噢，當然不會啦，我手下有幾個女工，」蟾蜍開始隨便亂編。「通常上工的大概有二十個左右。可是，夫人，妳不知道，她們有多難管！在我眼裡呀，她們個個都是惹人厭的小蕩婦！」

「我懂，」船婦很熱心地說，「全是些懶散又墮落的女人！不過我敢說，妳一定把她們調教得規規矩矩、服服貼貼的。對了，妳很喜歡洗衣服嗎？」

「愛死了，」蟾蜍說，「簡直愛得要命。每次一把雙手泡在洗衣盆裡，就覺得這是全天下最幸福快樂的事，而且做起來很輕鬆，一點也不費力！夫人，我跟妳保證，那才叫眞正的享受！」

「遇見妳眞的滿幸運的！」船婦若有所思地說。「應該說是我們兩個的好運都來了！」

「嗯？這話怎麼說？」蟾蜍緊張地問。

「嗯，是這樣的，妳看，」船婦說，「我跟妳一樣也很喜歡洗衣服。因爲我居無定所，所以其實不管喜不喜歡，自己的衣服我當然都得自己洗。偏偏我先生又是那種老是偷懶的傢伙，他把這艘船丟給我管，害我連做家事的時間都沒有。照理說，這時候應該是他來掌舵、或是照料拉船的馬，幸好那匹馬還算聽話、有點頭腦，懂得自己照顧自己。可是我先生卻沒來，反而帶狗出去了，說是要看能不能在附近獵到一隻野兔當午餐，還說他會在下一道水閘那裡跟我會合。哎，雖然他這麼說，但我信不過他，尤其是他帶著那隻狗出門……那隻狗比他還壞呢！眞不曉得他們什麼時候才會回來，這樣我怎麼有時間洗衣服呢？」

「喔，別管洗衣服的事啦，」蟾蜍說。他不喜歡這個話題。「想想那隻野兔吧。我敢打賭，他們一定會抓到一隻又肥又嫩的野兔。妳有洋蔥嗎？」

「我滿腦子就只有洗衣服的事。」船婦說。「我眞不懂，明明眼前就有一件好差事在等著妳，妳怎麼還有那個閒情逸致聊野兔？我有一大堆髒衣服放在船艙角落，妳只要挑幾件急需洗乾淨的衣服——至於是哪幾件，我就不多說了，像妳這樣的專業人士一定一眼就看得出來。趁我們順著運河前往目的地的時候，妳就把衣服放到洗衣盆裡；就如妳剛才所說的，妳可以得到工作上的愉快，我也能得到實質的幫助。洗衣盆和肥皂都很好找，就在手邊，爐子上有水壺，另外還有一個水桶，可以從河裡提水來用。這樣妳就能享受洗衣服的快樂時光，用不著乾坐在這裡發呆，對著風景打哈欠了。」

「這樣吧，讓我來掌舵！」船婦的話把蟾蜍嚇壞了。「那樣妳就能按照自己的方式洗衣服了。要是讓我來洗的話，我怕會把妳的衣服洗壞，或者不合妳意。我習慣洗那些上流人士的衣服或男裝，那是我的專長。」

「讓妳掌舵？」船婦哈哈大笑。「撐平底船得經過長時間練習、累積經驗才行。再說，掌舵太無聊了，我想讓妳開心一點。不行，妳還是去做妳喜歡的洗衣工作吧，掌舵的事我比較熟，我來做就好。我要好好招待妳，妳可千萬別辜負我的好意喔！」

蟾蜍騎虎難下，不知道該怎麼辦才好。他東張西望，打算跳船逃走，但是他們離岸邊太遠，想飛躍過去完全是不可能的任務，他只好悶悶不樂地認命。「既然都到了這一步，」他絕望地想，「我想就算是笨蛋也會洗衣服！」

他從船艙裡拿出洗衣盆、肥皂和其他需要用的東西，隨便挑了幾件髒衣服，努力回想自己偶然從洗衣店窗口瞥見的情形，開始動手洗了起來。

他努力地洗了半小時。在這漫長的三十分鐘裡，每過一分鐘，蟾蜍就變得更加惱火。無論他怎麼做，總是沒辦法跟那些衣服打好關係、討它們歡心。他又哄又拍、又捶又打，但那些衣服只是躺在盆子裡對他嬉皮笑臉，開心地看待自己髒兮兮的原罪，毫無悔改之意。有一、兩次，他緊張地回頭看看船婦，但她似乎只顧凝望前方、專心掌舵。他腰背痠痛，兩隻爪子也泡得皺巴巴的。他一直以來都特別喜歡這雙爪子，而且非常自豪，一看到上面的皺紋，他忍不住低聲咒罵了幾句不管是洗衣婦或蟾蜍都不該說的話，然後又不小心手滑，丟了肥皀。這已經是他第五十次把肥皀弄掉了。

船上突然爆出一陣笑聲，嚇得蟾蜍連忙直起身子回頭看。那位船婦娘正仰著頭放聲大笑，笑得眼淚都流出來了。

「我一直都在觀察你，」她笑得上氣不接下氣。「從你講話那個自大的樣子來看，我想你根本就是個騙子。哈！你還眞是個能幹的洗衣婦呢！我敢打賭，你這輩子連塊擦碗布也沒洗過！」

蟾蜍的肚子裡早就醞釀著一股怒火，這下子徹底爆發，完全失控了。

「你這個粗俗、下賤、肥胖的死船婦！」他放聲大吼。「妳好大的膽子，敢這樣對我這種上流社會的人說話！什麼洗衣婦！妳給我聽好，我是鼎鼎大名、受人敬重、高貴又顯赫的蟾蜍！現在我確實是落難沒錯，但我絕不容許妳這麼一個船婦嘲笑我！」

那女人湊到他跟前，仔細地端詳他藏在軟布帽下的臉。「哎呀，眞的是蟾蜍耶！」她大喊。「太不像話了！一隻又髒又醜、噁心巴拉的蟾蜍居然上了我這艘乾淨漂亮的船，我絕不容許這種事發生！」

她放下舵柄，一隻滿是斑點的粗壯手臂如閃電般飛快地伸過來，抓住蟾蜍其中一條前腿，另一隻手臂則牢牢抓住他一條後腿。剎那間，整個世界上下顛倒，平底船彷彿輕輕地掠過天空，風聲在耳邊呼嘯；蟾蜍感覺自己正急速旋轉，咻地飛過天際。

最後，伴隨著一聲撲通巨響，蟾蜍終於掉進了運河裡。冰冰涼涼的河水很合他的胃口，只是還不夠涼，澆不滅他那股傲氣，也熄不了他的滿腔怒火。他胡亂揮舞著四肢打水，浮出水面，抹掉蓋在眼睛上的浮萍，第一眼看到的就是那個肥胖的船婦，她正從逐漸遠去的平底船船尾探出身體，回頭看著他，一邊哈哈大笑。他被水嗆得猛咳嗽，發誓一定要好好找她算帳。

他拚命划著水，奮力游向岸邊，可是身上那件棉質長袍老是礙手礙腳。最後他好不容易搆到陸地，又發現在沒人幫忙的情況下，真的很難順利爬上陡峭的河岸。他不得不先休息一、兩分鐘、調整呼吸，接著把濕淋淋的裙襬撩起來、掛在手上，兩隻小腳不斷狂奔，努力追趕那艘船。他怒火中燒、氣得發狂，一心只想好好報復那個船婦。

當他趕上去，和平底船比肩時，船婦依舊笑個不停。她放聲大喊：「洗衣婆！把你自己放進碾衣機裡碾一碾，再拿熨斗熨熨你的臉，熨出些整齊的褶邊，你就能勉強當個體面的蟾蜍啦！」

蟾蜍並沒有停下來跟她鬥嘴。雖然他已經想了好幾句回敬她的話，但他要的是貨眞價實的報復，而不是廉價又空洞的口頭勝利。他想做什麼，他自己心裡有數。他飛也似的往前狂奔，追上那匹拖船的馬，解開縴繩，把繩子丟到旁邊，接著輕巧地躍上馬背，用力踢馬的肚子，催他快跑。他騎著馬離開曳船道，直奔遼闊的曠野，然後策著馬轉向一條布滿車輪軌跡的小巷。他回頭望了一眼，看見那艘船已經漂到運河對岸擱淺了。船婦像個瘋子一樣胡亂揮舞著手臂，氣得直跳腳，不停大喊：「停！站住！你給我站住！」蟾蜍一邊騎馬狂奔，一邊哈哈大笑：「這首歌我之前就聽過啦！」

拖船的馬缺乏耐力，不能長時間奔跑，因此很快就由奔馳轉爲小跑步，然後又變成緩行。儘管如此，蟾蜍還是很滿意，因爲他知道，自己好歹還有在前進，而那艘平底船卻擱淺在岸邊，想走也走不了。現在他肚子裡的怒氣全消，因爲他覺得自己做了一件非常聰明的事。他心滿意足地在陽光下慢慢往前走，盡量走那些偏僻的小徑和馬道，同時努力想辦法忘記自己已經很久沒吃一頓像樣的飯了。他就這樣騎著馬走呀走，漸漸地，運河已經被他遠遠拋在後面了。

蟾蜍和馬走了好久，踏過了好幾哩路。炙熱的太陽曬得他昏昏欲睡。就在這時，馬兒猛然停下腳步，開始低頭嚼著青草；蟾蜍立刻驚醒，差點摔下馬背。他環顧四周，發現自己來到一片寬敞的公用野地上。放眼望去，野地上綴滿了金雀花和黑莓灌木；有輛破爛的吉普賽篷車正停放在離他不遠的地方，一個男人坐在篷車旁一個倒扣的水桶上，正忙著專心抽菸，凝望眼前遼闊的世界。附近燃著一堆用樹枝生起來的火，火堆上掛著一個鐵鍋，正發出咕嘟咕嘟的冒泡聲；一縷淡淡的熱氣飄上天空，令人忍不住猜想鍋子裡到底在煮什麼。除此之外，還有氣味，那些暖暖的、濃濃的、各式各樣的氣味，彼此互相揉雜、交織在一起，融合成一股無比誘人的香氣，彷彿那位身爲舒心與撫慰之母的大自然女神在此顯靈、化爲形體，呼喚著她的兒女。蟾蜍這時才明白，他先前並不知道什麼叫眞正的餓。上午那股飢餓感只不過是一陣微不足道的眩暈罷了；現在，眞正的飢餓終於來了，沒錯，就是這種感覺，而且必須快點處理才行，否則一定會引發什麼麻煩的。他仔細打量那個吉普賽男人，心裡舉棋不定，不知道是直接跟他正面搏鬥，還是用甜言蜜語哄騙才好。於是蟾蜍坐了下來，不停嗅著空氣中的食物香，雙眼望著吉普賽人；吉普賽人也坐著，一邊抽菸、一邊盯著他看。

過了一會兒，吉普賽人拿掉嘴裡叼的菸，漫不經心地說：「你那匹馬要賣嗎？」

蟾蜍大吃一驚。他不知道吉普賽人非常喜歡做買賣馬匹的交易，而且絕不放過任何一次機會；他也沒意識到吉普賽人居無定所、總是到處遷移，所以非常需要馬來拉他們的篷車；他眞的完全沒想過「將馬變賣成現金」這個點子。吉普賽人的提議似乎能完美解決他的問題，讓他得到眼下最想要的兩樣東西——現金，以及一頓豐盛的早餐。

「什麼？」蟾蜍說。「賣掉這匹年輕力壯的駿馬？不不不，絕對不行。我每個星期都要靠他幫忙把洗好的衣服送給顧客，要是把他賣了，我怎麼辦？再說，我太喜歡這匹馬了，他跟我也很親。」

「那就試著喜歡驢子好了，」吉普賽人提議，「有些人就很喜歡驢子。」

「你好像沒聽懂我的意思。」蟾蜍繼續說，「我這匹馬比你所有東西加起來還要值錢。他是匹純種馬，一部分是啦，當然不是你看到的這一部分，總之是另外一部分。他當年還得過『拖車馬競賽大獎』呢，不過那也是很久以前的事了。但假如你懂馬的話，你一定一眼就能看出來他是匹非常優秀、非常不平凡的馬。不行，還是算了。要我賣馬？辦不到。不過話又說回來，要是你真的想買我這匹漂亮的駿馬，你打算出多少錢啊？」

吉普賽人仔細地上下打量著馬兒，再仔細地上下打量著蟾蜍，然後又回頭看著那匹馬。「一條腿一先令。」他簡單地出完價，隨後便轉過身去繼續抽菸，假裝不動聲色地注視著遼闊的天地。

「一條腿一先令？」蟾蜍大喊。「等等，讓我算一下，看看總共是多少。」

他爬下馬背，讓馬去吃草，自己則坐在吉普賽人旁邊，扳著手指算了一下。最後他說：

「一條腿一先令？哎，這樣不多不少，總共才四先令耶。那可不行，用四先令換我這匹年輕的駿馬，這種價格我不能接受。」

「好吧。」吉普賽人說。「我告訴你，我加到五先令。這已經比你那匹馬的價值高出三先令六便士了。就這樣，我不會再跟你囉唆了。」

蟾蜍坐在那裡認眞思考了很久。他肚子好餓、身無分文，離家還有好一段路，他也不知道這段路到底有多遠；在這樣的情況下，五先令也算是一筆不小的數目。可是另一方面，一匹馬賣五先令似乎有點虧；但話又說回來，這匹馬根本不是他的，也沒花他半毛錢，所以不管賣多少都是淨賺。最後，他語氣堅決地說：「你聽著，吉普賽人！我告訴你，我也不會再跟你囉唆了，你付我六先令六便士，要現金；另外，你還得把那鍋香噴噴、聞起來很好吃的食物拿出來，請我吃早餐。當然啦，我只吃這一頓而已，可是要讓我吃到飽才行。我呢，我就把這匹年輕力壯、活蹦亂跳的駿馬交給你，外加他身上所有漂亮的馬具，全都免費贈送。你要是覺得吃虧就直說，我們各走各的路。我知道附近有個人一直想買我這匹馬，想了好幾年啦。」

吉普賽人大發牢騷、不斷抱怨說，要是他再多做幾筆這樣的生意，很快就會破產啦。不過，最後他還是從褲子口袋深處掏出一個髒兮兮的帆布錢袋，數了六先令六枚便士，放在蟾蜍的掌心裡，接著便鑽進篷車，拿出一個大鐵盤、一副刀叉和一根湯匙。他把鐵鍋一歪，一道又熱又香、又濃又稠的燉菜就咕嘟咕嘟地流進了鐵盤。這道燉菜簡直是世界上最美味的極品，裡面除了鷓鴣、野雞、家雞、野兔、家兔、母孔雀和珠雞之外，還有一、兩樣別的東西燴在一起熬成的。蟾蜍接過盤子，放在膝上，差點哭了出來。他一口接一口、一盤接一盤，拚命地把美味的燉菜塞進肚子裡，不停地叫吉普賽人幫他添，而吉普賽人也毫不吝嗇，讓他想吃多少就吃多少。蟾蜍覺得他這輩子從來沒吃過這麼好吃的早餐。

蟾蜍就這樣一直狂吃猛吃，吃到再也吃不下爲止。他站了起來，對吉普賽人說聲再見，然後深情地向馬兒道別。吉普賽人很熟悉河邊的地形，於是便告訴他該往哪個方向走、要走哪條路。蟾蜍再一次踏上回家的旅程，心情好到無以復加。現在的他和一小時前的他相比，完全判若兩人，他已經變成一隻截然不同的蟾蜍了。太陽閃著燦爛的光芒，他身上的濕衣服也差不多乾了，現在口袋裡又有了錢，離家和朋友越來越近，處境也越來越安全；最棒的是，他才剛吃過一頓營養充足、熱呼呼的豐盛早餐，覺得自己身強體壯、充滿了力量，而且無憂無慮、信心滿滿。

他邁開大步、興高采烈地往前走。想到自己一路上遇到多少危難，卻都安然脫身，每逢絕境他總能想辦法化險爲夷，他心中那股驕傲和自大不由得膨脹起來，在他體內滋長。

「嗬，嗬！」他把下巴翹得高高的，邊走邊說：「我眞是隻聰明的蟾蜍！全世界沒有一隻動物比得上我！敵人把我關進大牢，設下重重崗哨，派獄卒日夜看守，可是我只憑自己的才智和勇氣，就順利地從他們眼皮子底下揚長而過，逃了出來。他們坐上火車、出動警察，舉著手槍追捕我。我呢，只對他們彈彈手指、放聲大笑，一轉眼就消失得無影無蹤。之後，我不幸被一個身材肥胖、心地邪惡的女人扔進河裡。那又算什麼？我游上河岸，搶走她的馬，得意地騎走了。我用馬換來滿滿一口袋的錢，還吃了一頓美味的早餐！嗬，嗬！我是蟾蜍，英俊瀟灑、受人歡迎、無往不利的蟾蜍！」他越來越狂妄，甚至還編了一首曲子，一路上不斷扯著嗓門大唱這首自我頌讚的歌。不過，老實說，除了他自己之外，根本沒有人聽見。這首歌大概是動物界自創曲中最自大的歌了：

世界上英雄豪傑無數，
史書年錄一一細數；
但沒有一個所擁有的顯赫聲名，
能跟偉大的蟾蜍相比！

牛津大學聰明才子成堆，
上知天文、下知地理。
但沒有一個人懂得的事情，
能跟聰明的蟾蜍相比！

諾亞方舟裡動物啼哭，
眼淚落入洪水，汩汩湧出。
是誰高呼「陸地就在眼前」？
是鼓舞人心的蟾蜍！

軍隊在路上列隊前進，
他們齊聲歡呼致敬。
是爲國王，還是基欽納將軍？
不，是向勇敢的蟾蜍先生致意！

皇后和她的貼身女侍，
倚坐窗前靜靜縫衣。
皇后喊道：『那位英俊男子是何方神聖？』
女侍們回答：『是瀟灑的蟾蜍先生。』

諸如此類的歌還多得很，但每一首都狂妄得嚇人，不方便寫在這裡。以上只是其中比較溫和的幾首而已。

他邊唱邊走，邊走邊唱，越來越得意忘形。可是過沒多久，他的傲氣就驟然下滑，一落千丈了。

他沿著田野小徑走了幾哩之後，就踏上了公路。當他轉向那道白色路面、瞥向遠方時，看見有個小黑點迎面而來，接著長成一個大黑點，又化成一團模糊不清、難以形容的龐然大物，最後變成一樣他非常熟悉的東西。兩聲警告的鳴笛鑽進他愉悅的耳朵，這聲音再熟悉不過了。

「這就對啦！」蟾蜍興奮地大喊。「這才是眞正的生活，這才是我失去已久的偉大世界！我要招手叫他們停下來，叫住那些愛玩車輪和方向盤的夥伴，然後運用一路走來屢試不爽的好方法，編一段故事唬唬他們，他們一定會免費載我一程，然後我再好好加油添醋一下，幸運的話，說不定他們最後還會讓我開車回蟾蜍莊園呢！到時老獾就輸慘啦！」

他信心十足地站到馬路中央，招手要汽車停下來。汽車從容地開過來，在小路附近放慢了速度。這時，蟾蜍的臉色瞬間變得慘白。他的心猛然一沉，膝蓋不停打顫、雙腿發軟，小小的身體蜷曲起來、跌坐在地上，五臟六腑之間流竄著一股噁心的疼痛感。可憐的蟾蜍，也難怪他會嚇成這樣，因爲那輛逐漸逼近的汽車正好是他從紅獅小館院子裡偷走的那輛，車上的人也正好是他在咖啡廳裡吃午餐時看到的同一群人！那天，是他人生中充滿毀滅性的一天，所有麻煩和災難就是從那一刻開始的！

他癱在路上，變成一小球破爛又悲慘的可憐蟲。他絕望地喃喃自語：「完了！這下全完了！又要落到警察手裡、戴上鐐銬！又要蹲苦牢！又要啃麵包，喝白開水！唉，我眞是個大傻瓜！我應該要先躲起來，天黑之後再走僻靜的小路偷溜回家才對！可是我偏要大搖大擺地在田野裡亂竄，唱什麼自大歌，還想大白天的在公路上亂攔車！唉，倒楣的蟾蜍喲！唉，不幸的動物喲！」

那輛可怕的汽車以緩慢的速度越開越近，最後，蟾蜍聽到車子剛好在他身邊停下來。兩位紳士下了車，繞著路上這皺巴巴、而且還不斷發抖的可憐東西走來走去。其中一個人說：

「天哪！真可憐！這個可憐的老傢伙在路上昏倒了！看樣子應該是個洗衣婦——可能是中暑了。可憐的老太太，說不定她今天還沒吃東西呢！我們把她抬上車，送她到最近的村子去，那裡一定會有人認識她的。」

他們輕輕地把蟾蜍抬上車，讓他靠在柔軟的椅墊上，接著繼續開車上路。

他們說話的語調很親切、充滿同情心，蟾蜍知道他們並沒有認出他的身分，於是逐漸恢復了勇氣，膽子也大了起來。他小心翼翼地先睜開一隻眼睛，然後再睜開另一隻眼睛。

「你們看！」一位紳士說。「她已經好多啦。新鮮的空氣果然發揮作用了。夫人，妳覺得怎麼樣？身體還好嗎？」

「真是太感謝你們了，先生，你們真好心。」蟾蜍用虛弱的語調說。「我覺得好多了！」

「那就好。」那位紳士說。「現在妳就安靜地休息一會兒，還有，最好別說話，保留些體力。」

「好，我不說話。」蟾蜍說。「我只是在想，要是我能坐到前座，坐在司機旁邊，我就能呼吸到更多新鮮空氣，這樣我很快就能恢復健康了。」

「真是個有智慧的老太太！」那名紳士說。「沒問題，那妳就坐前座吧。」於是他們小心地把蟾蜍扶到前座，坐在司機旁邊，接著繼續開車往前走。

這時候的蟾蜍已經快要恢復成老樣子了。他坐了起來，不停環顧四周，努力壓抑心中那些不斷上漲的激動、期盼與渴望。這股狂熱如波濤般洶湧，完全控制了他的身心，令他躁動不安。

「這是命中注定啊！」他自言自語地說。「爲什麼要抗拒？爲什麼要掙扎？」於是他對身邊的司機說：「先生，求求你，能不能讓我試試，開一下這輛車？我一直很仔細地觀察你怎麼開，看起來好像不難，而且滿有意思的。這樣我回去就可以跟我的朋友說我開過車了！」

司機聽到這個要求，忍不住哈哈大笑。後座那位紳士看司機笑得那麼開心，就問他發生什麼事了。了解來龍去脈後，紳士便說：「好啊，夫人！我就欣賞妳這種精神。讓她試試吧，你在旁邊小心看著就好。她不會闖什麼禍的。」蟾蜍聽了開心得不得了。他迫不及待地爬進司機讓出來的駕駛座，雙手握住方向盤，假裝謙虛地聽從司機的指示，發動了汽車。起先他開得很慢、很小心，因爲他暗暗決定這次要謹愼行事。

後座的紳士開心地拍手，蟾蜍聽見他們讚美他說：「她開得不錯耶！沒想到一個洗衣婦開車能開得這麼好，這還是第一次呢！」

蟾蜍稍微加快了車速，然後又加快、再加快，越開越快。

他聽見後座的紳士大聲警告說：「小心點，洗衣婆！」這句話激怒了他，他開始腦袋一混亂，失去了理智。

司機想要把方向盤搶過來，可是蟾蜍用手肘按住他，把他壓在座位上，同時把油門踩到底，全速行駛。疾風衝擊著他的臉，引擎轟隆作響，車身輕微跳動，這一切的一切都讓他深深著迷，麻痺了他軟弱的大腦。他肆無忌憚地喊道：「什麼洗衣婆！嗬，嗬！我是蟾蜍，是偷車高手、越獄逃犯，任誰都抓不到的蟾蜍！坐穩了，我要讓你們看看什麼才叫眞正的開車。你們現在落在鼎鼎大名、技術精湛、無所畏懼的蟾蜍手裡啦！」

車上的人全都驚恐萬分、放聲大叫，飛撲到蟾蜍身上。「抓住他！」他們喊道。「抓住蟾蜍，這個偷車的壞蛋！把他綁起來，戴上手銬，拖到附近的警察局去！打倒這隻危險又萬惡的蟾蜍！」

哎呀！他們全都忘了一件事，忘了應該小心謹慎，在採取任何行動之前，都要先想辦法把車子停下來才對。結果，方向盤在蟾蜍手中轉了半圈，整輛車就這樣橫衝直撞地衝進了路邊的矮樹籬，然後用力一彈、劇烈搖晃，陷進了泥塘。車輪不斷翻攪著池子裡的爛泥，弄得泥漿四濺。

蟾蜍只覺得自己猛然往上衝、飛過天際，宛如燕子般在空中劃出一道優美的弧線。他很喜歡這種飛升的動作，正在猜想自己不知道會不會就這樣繼續飛下去，直到長出翅膀、變成蟾蜍鳥的時候，「砰！」一聲，他四腳朝天，跌落在豐盈鬆軟的草坪上。他坐了起來，正好看見池塘裡的汽車快要沉下去；司機和紳士們被他們身上的長大衣絆住，無助地在水中掙扎。

他火速地爬起來，拔腿就跑，拚命朝著田野狂奔，鑽過樹籬，跳過水溝，咚咚地越過田地，一直跑到上氣不接下氣、疲憊不堪，只好停下來慢慢走。等到稍微喘過氣，能靜下心來思考的時候，他就忍不住咯咯笑了起來，先是輕笑，然後放聲大笑，笑到前俯後仰、腰都直不起來，不得不坐在樹籬下休息。「啊，啊！」他眞的很佩服自己，高興得快要瘋了。他得意地放聲大喊：「蟾蜍又成功啦！一如往常，蟾蜍大獲全勝，成爲最後的贏家！是誰騙他們載我一程的？是誰設法坐到前座，呼吸新鮮空氣的？是誰說服他們讓我開車的？是誰把他們一股腦兒扔進泥塘的？是誰毫髮無傷地脫逃、快樂地飛過天際，把那群心胸狹窄、膽小怕事的遊客丟在他們該待的泥水裡？哎，不用問，就是蟾蜍，聰明的蟾蜍，偉大的蟾蜍，了不起的蟾蜍！」

接著他再度扯開喉嚨，高聲唱起歌來，聲音裡充滿了興奮與得意——

小汽車，叭叭叭，
順著馬路往前奔。
是誰開車進泥塘？
就是聰明的蟾蜍！

「哎，我實在是太聰明了！太聰明，太聰明，太聰——」

蟾蜍身後遠遠傳來一陣輕微的喧鬧聲，他回頭一看。哎呀，要命喔！慘啦！全完啦！距離他大概兩塊田地的地方，有個穿著長筒皮靴的司機和兩名鄉村警察，三人正飛也似的朝著他的方向狂奔而來。

可憐的蟾蜍一躍而起，再度拔腿狂奔。他的心都跳到喉嚨裡了。他一邊氣喘吁吁地跑著，一邊上氣不接下氣地說：「我眞是個白痴！一個狂妄又沒腦的白痴！我又吹牛了！又大吼大叫、隨便亂唱歌了！又只會坐著不動、胡扯瞎聊了！天哪！天哪！天哪！」

他回頭瞄了一眼，發現那群人已經追上來了。他心慌意亂，拚命狂奔，不停地回頭看。他們越來越近了！他使盡吃奶的力氣，拚命往前跑，可是他又肥又胖、腿又短，根本跑不過他們。此時此刻，他聽見他們緊追不捨的腳步聲就在身後了。他現在已經顧不得注意方向，只一味發瘋似的瞎跑，還不時轉過頭去看他那些帶著勝利微笑、洋洋得意的敵人。突然，他一腳踩空，雙手在空中亂抓，接著撲通一聲，掉進了又深又湍急的水裡。水流的力量非常強大，他完全無能爲力，只能被沖著走。他這才意識到，原來他嚇得驚慌失措，一時昏了頭亂跑，結果就這樣跌進河裡了！

他浮出水面，試著想抓住那些沿著河邊生長、靠近河岸的蘆葦和燈心草，可是水流實在太強太急，草才一抓到手，馬上又滑掉了。「天哪！」可憐的蟾蜍氣喘吁吁地說。「我再也不敢偷車了！再也不敢唱自大歌了！」話一說完，他又沉了下去，然後再度冒出水面，一邊喘氣，一邊胡亂打水。忽然，他發現自己正流向一個鑲在岸邊的大黑洞，那個洞剛好就在他頭頂上。當水流帶著他經過黑洞時，他伸出一隻爪子，牢牢搆住洞口邊緣不放，接著吃力地將身子慢慢拖出水面，一直到兩肘可以架在洞口邊緣爲止。他就這樣撐在洞沿休息了幾分鐘，不停喘著氣，累得要命，彷彿全身上下的力量都用盡了。

正當他一邊嘆氣、喘息，一邊凝視著眼前的黑洞時，他看到洞穴深處好像有什麼一閃一閃、晶瑩透亮的小光點，正朝著他的方向移動。隨著亮光慢慢接近洞口，光點周圍也逐漸浮現出一張臉，一張熟悉的臉！

11 淚如雨下

河鼠伸出一隻乾淨俐落的棕色小爪子，緊緊抓著蟾蜍的後頸，用力地往上拉。濕答答的蟾蜍就這樣慢慢地、穩穩地被拖進洞穴，安然無恙地踏上門廳。他全身沾滿汙泥和水草，水珠不斷從身上滴下來，不過他還是像過去一樣精神奕奕、心情愉快，因爲他知道，自己已經回到老朋友家裡，再也不用躲躲藏藏、到處逃跑，那套有辱身分的僞裝也可以脫下來丟掉了。

「喔，河鼠！」他大喊。「自從上次我們分開之後，你簡直無法想像我過的到底是什麼日子！那樣的考驗，那樣的苦難，我都勇敢承受了！然後又是逃亡、喬裝、瞞天過海的伎倆，全都是由我一手計畫、巧妙安排，最後付諸實施的！我被關進了監獄，最後成功逃了出來！我被扔進了運河，結果安全游上岸！我還偷了一匹馬，賣了一大筆錢呢！他們全都被我騙得團團轉，乖乖按照我的計畫走！啊，沒錯，我就是一隻聰明絕頂的蟾蜍！你知道我最後一場冒險是什麼嗎？別急，讓我來告訴你——」

「蟾蜍，」河鼠的態度既堅定又嚴肅。「你立刻上樓，脫掉身上這件破舊的棉布袋，這看起來好像是什麼洗衣婆穿的，然後好好把身體從頭到腳洗乾淨，換上我的衣服。如果可以的話，讓自己看起來像個紳士後再下樓來。我這輩子從來沒見過比你更狼狽、更骯髒、更邋遢的傢伙！好啦，別再吹牛了，也別跟我爭辯，快去吧！等等我還有話要跟你說！」

蟾蜍一開始還不想走，打算繼續說下去。坐牢的時候，他就老是被別人呼來喚去，他受夠了；現在又來了，而且指使他的居然還是隻河鼠！不過，當他從帽架上方的鏡子裡瞥見自己的面容，發現一頂褪色的黑色女用軟布帽就這樣俏皮地蓋在一隻眼睛上時，他立刻改變了主意，二話不說，乖乖地走上樓，鑽進河鼠的更衣室。他把全身上下徹底洗刷乾淨、換了衣服，在鏡子前站了好久，沾沾自喜地欣賞自己的模樣，心想，那些傢伙居然會把他錯當成洗衣婦，眞是一群白痴！

蟾蜍回到樓下，桌上已經擺好了午餐。一看到食物，他心裡好高興，因爲自從吃過吉普賽人供應的那頓豐盛早餐後，他又經歷了不少嚴峻的考驗，消耗大量的體力。吃飯的時候，蟾蜍滔滔不絕地向河鼠描述他的冒險旅程，主要是在講他自己有多冰雪聰明，在危險關頭有多從容鎭定，以及身處困境時有多狡黠機靈。他把這一切說得宛如一段輕鬆愉快、豐富多彩的奇遇。但他話說得越誇張、越吹噓，河鼠的神情就越嚴肅，漸漸沉默不語。

蟾蜍一直講、一直講，講個不停，最後終於閉上嘴巴。一陣沉默隨之而來。過了一會兒，河鼠開口：「好了，小蟾，我真的不想讓你更難受，不管怎麼說，你已經吃了不少苦頭。不過，說真的，難道你沒意識到你把自己變成了一個糟糕的混蛋嗎？你承認自己鋃鐺入獄、挨餓受凍、被人追捕、飽受驚嚇、蒙受屈辱、遭到嘲弄、被丟進河裡，而且還是被一個女人丟進河裡！這到底有什麼好玩的？哪來的樂趣？追根究柢，這全都是因爲你硬要偷車。你很清楚，打從你第一眼看到汽車，除了不斷惹禍上身之外，根本什麼好處也沒有。要是你非玩汽車不可——是說你向來就是這樣，只要玩個五分鐘就上癮——那就玩呀，何必去偷呢？要是你覺得出車禍變成殘廢很有趣，那就把自己撞成殘廢好啦；要是你想嘗嘗破產的滋味，那就去破一次產好啦。可是爲什麼偏偏要當個罪犯？你什麼時候才會變得懂事一點、明理一點，爲你的朋友想想，替他們爭口氣？我出門在外，聽到別的動物在背後議論，說我就是那個常常和罪犯混在一起的傢伙，你覺得我會好受嗎？」

蟾蜍的個性有個令人安慰的特點，就是他非常善良、非常寬容，從來不計較那些真朋友的嘮叨和數落。即便他執迷於某樣事物，他也總是能看到問題的另一面。當河鼠嚴厲地開導他時，他還頑皮地自言自語：「可是那眞的很好玩啊，好玩得要命呢！」然後默默在心裡發出一些像是「咯——咯咯」和「叭——叭叭」等奇怪又低沉的汽車噪音，以及類似沉悶的鼾聲或開汽水瓶的聲音。不過，就在河鼠快要說完的時候，他卻大大嘆了口氣，非常溫和謙遜地說：「你說得沒錯，河鼠！你說得完全正確！是啊，我知道，我過去的確是個狂妄自大的混蛋，但現在我要當一隻好蟾蜍，再也不做蠢事了。至於汽車嘛，自從我掉進你的河裡之後，我對車就已經不太感興趣了。事實上，當我攀在你的洞口邊緣喘氣的時候，我腦中突然冒出一個新點子——一個絕妙的好點子——是跟汽艇有關的——欸！好啦，好啦！別生氣嘛，老兄，別跺腳，小心打翻東西啦。這不過是個想法而已，我們現在別談這件事了。還是先喝杯咖啡、抽根菸，安靜地聊聊天，然後我再慢慢走回我的蟾蜍莊園，換上我自己的衣服，讓一切都恢復成老樣子。我冒險也冒夠了，現在我要過一種平靜、安穩、體面又正派的生活，在莊園裡散散步、改善一下環境，不時種點花草什麼的。朋友來訪的時候，家裡總會有飯菜能招待。另外，我還要準備一張低矮的躺椅，然後躺在上面，回憶美好寧靜的田野生活，就像我在過去那些好時光所做的一樣，不再心浮氣躁，也不再幹蠢事了。」

「慢慢走回蟾蜍莊園？」河鼠激動地大喊。「你到底在說什麼啊！難道你還沒聽說嗎？」

「聽說什麼？」蟾蜍的臉色發白。「說啊，河鼠！快說啊！一五一十地說給我聽！是不是有什麼事情我不知道？」

「難道，」河鼠一邊大吼，一邊用他的小拳頭重重捶著桌子。「你完全沒聽說白鼬和黃鼠狼的事嗎？」

「什麼？住在野森林裡的那些嗎？」蟾蜍大叫，渾身發抖。「沒有啊，我一個字也沒聽過！他們幹了什麼好事？」

「──也沒聽說他們是怎麼占領蟾蜍莊園的？」河鼠接著說。

蟾蜍把手肘撐在桌上，兩隻前爪托著下巴，眼眶中盈滿了淚水。豆大的淚珠如泉水般湧出，「咚！咚」地滴在桌面上。

「河鼠，繼續說。」過了一會兒，蟾蜍再度開口。「把所有事情全都告訴我。最糟的時刻已經過去了，我又是一條好漢。說吧，我挺得住。」

「自從你……遇上……那……那件麻煩事之後，」河鼠放慢語調、意味深長地說。「我是說，你因爲那輛……那輛車，發生了一點誤會……而在社會上消失了一陣子，你也知道……」

蟾蜍點點頭。

「呃，當然啦，這一帶的動物都議論紛紛，」河鼠繼續說，「不僅是河岸這一帶，野森林那裡也有很多動物在談論你的事。跟往常一樣，大家開始選邊站，分成兩派。河畔的動物都站在你這邊，說你是被冤枉的，現在這個世界上毫無公平正義可言；但野森林裡的動物卻說得很難聽，他們說你活該、自作自受，而且罪有應得，是時候該制止這類事情發生了。他們非常囂張、自以為是，居然還到處嚷嚷說你這次完蛋了，再也回不來了！永遠都回不來了！」

蟾蜍再次點點頭，依舊沉默不語。

「他們就是那種小人，」河鼠接著說，「但無論別人怎麼說，鼴鼠和老獾始終都很支持你，他們堅決相信，不管怎樣，你很快就會回來的。雖然他們不知道你要怎樣才能出獄，但他們知道，你一定會回來的！」

蟾蜍坐直了身子，嘴角揚起一抹微笑。

「他們提出歷史事實來論證，」河鼠繼續說，「他們說，從來沒有一條刑法能敵得過像你這種厚臉皮、能言善道，又能發動巨大紅包攻勢的動物。所以，他們倆就把自己的東西搬進蟾蜍莊園、睡在那裡，經常打開門窗通風，把一切都準備好，等你回來。當然啦，他們並沒有預料到後來發生的事，不過他們對那些住在野森林裡的動物總是不太放心。現在，我要講到最悲慘、最痛苦的一段了。在一個漆黑的夜裡，颳著強風、下著傾盆大雨，一群全副武裝的黃鼠狼偷偷摸摸地從車道爬到前門。同時，又有一票窮凶極惡的雪貂溜進菜園，占據了後院和辦公室，而另一群吵吵鬧鬧的白鼬則占領了溫室和撞球間，守著那幾扇面向草坪的法式長窗。當時，老獾和鼴鼠正坐在吸菸室的壁爐旁聊天，完全沒有料到即將發生的事，畢竟那個晚上天氣非常惡劣，照理說動物們是不會出門的。沒想到，那些殘暴的傢伙竟然破門而入，從四面八方撲上來。他們倆奮力抵抗，可是又有什麼用呢？兩隻手無寸鐵的動物，怎麼對付得了幾百隻野獸的偷襲？結果，他們這兩個講義氣的可憐動物就被那幫惡徒抓住，用棍子毒打一頓，還聽了一堆不堪入耳的髒話、受盡侮辱，最後被趕到屋外淋雨受凍。」

聽到這裡，沒良心的蟾蜍居然噗嗤一聲笑了出來，隨即立刻收斂自己的態度，裝出一副特別嚴肅的樣子。

「從那一天起，那些野森林的動物就在蟾蜍莊園裡住了下來，」河鼠繼續說，「而且還爲所欲爲，想幹嘛就幹嘛！像是懶在床上睡覺睡了整整半天、愛什麼時候吃早餐都行，整天都在吃吃喝喝，聽說整棟房子被蹂躪得亂七八糟、一塌糊塗，這些都是別人告訴我的，說連看都不敢看呢！他們吃你的、喝你的，還嘲笑你、說你壞話，唱一些粗俗下流的歌——呃，就是一些跟監獄、法官、警察有關，充滿惡意和人身攻擊的歌，毫無幽默感可言。他們甚至還對推銷員和所有人揚言，說要永遠住下去呢。」

「他們敢！」蟾蜍一邊說，一邊站起來，抓了一根棍子。「我馬上就去好好教訓他們！」

「你這麼做沒用的，蟾蜍！」河鼠追在他後面大喊。「你最好給我回來坐下，別再惹麻煩了！」

可是蟾蜍已經走了，怎麼叫也叫不回來。他把棍子扛在肩上，邁開大步，飛快地往前走，一路上不斷自言自語、低聲抱怨，氣得七竅生煙。當他接近莊園前門的時候，突然有隻黃色雪貂從圍籬後方冒出來，手裡還握著一把長槍。

「來者何人？」雪貂厲聲問道。

「廢話少說！」蟾蜍怒氣沖沖地說。「你算哪根蔥啊？憑什麼敢這樣跟我說話！馬上給我滾出來，要不然我就——」

雪貂二話不說，把槍舉到肩膀上。蟾蜍機靈地往地上一趴——砰！一顆子彈從他頭上呼嘯而過。

蟾蜍嚇了一大跳，立刻從地上爬起來、拔腿就跑，順著原路沒命似的往前奔逃。他聽見雪貂在背後哈哈大笑，緊接著又傳來另一些尖細刺耳的恐怖笑聲。

他垂頭喪氣地回到河鼠家，把事情經過說給他聽。

「我不是跟你說了嗎？」河鼠說。「沒用的。他們設了崗哨，而且全都配有武裝。你必須等待時機才行。」

不過，蟾蜍還是很不甘心，不想就此認輸。由於蟾蜍莊園的花園棧道正好延伸到河邊，於是他便把船拖出來，往上游的方向划，打算划到花園附近。

划到能看見莊園古宅的地方後，他就伏在槳上仔細觀察。一切看起來都非常和平寧靜，杳無人跡。他看到整座莊園的正面在夕陽下閃著耀眼的光芒；筆直的屋脊上棲息著兩、三隻鴿子；花園裡盛開著各式各樣鮮豔燦爛的花卉；也看得到通往船屋的小河，以及橫跨在小河上的小木橋，一切的一切全都靜悄悄的，沒有半個人影，顯然是在等待他回家。他想先到船屋那裡試試，觀察一下動靜，於是便小心翼翼地盪起雙槳、划進小河河口。正當他要從橋下鑽過去的時候……轟隆！

一塊大石頭從橋上落下來，砸穿了船底。船裡迅速灌滿了水，沉了下去。蟾蜍在深水中拚命掙扎。他抬起頭，看見兩隻白鼬從木橋欄杆上探出頭來，樂不可支地望著他，對他大聲嚷嚷：「蟾蜍！下次就輪到砸你的腦袋啦！」蟾蜍憤憤不平地游向岸邊，那兩隻白鼬笑得前俯後仰、抱成一團，然後又放聲大笑，笑得幾乎暈過去兩次——當然啦，是一隻白鼬一次啦。

蟾蜍無精打采地走回去，再次把這段令人失望的經歷告訴河鼠。

「看吧，我不是跟你說了嗎？」河鼠氣呼呼地說。「現在好啦，你看看你！幹了什麼好事！我心愛的船就這樣沒了，都是你害的！你還把我借你的這套漂亮衣服給毀了！說實話，蟾蜍，你這個傢伙眞的很惹人厭，眞不知道誰還願意跟你做朋友！」

蟾蜍立刻意識到自己的所作所爲有多蠢，根本就是大錯特錯。他承認自己的糊塗和過失，並爲了弄丟河鼠的船、弄壞了他的衣服，向河鼠致上最深的歉意。最後，他用一種總是能解除朋友武裝、軟化批評，贏得他們諒解的態度，坦率、屈服地對河鼠說：「河鼠！我知道，我是個魯莽又任性的傢伙！相信我，從今以後，我會變得謙卑順從，不管做什麼事，我一定都會先問過你的意見，如果沒有你的同意，我絕不會採取任何行動！」

「如果眞的是這樣，」性情溫和的河鼠已經平靜下來，不生蟾蜍的氣了。「那我的建議就是，現在已經很晚了，你先坐下來吃飯吧，晚餐就快要好了。另外，你還要有點耐心。因爲我相信，我們倆對目前的狀況完全無能爲力。我們必須等見到鼴鼠和老獾、聽聽他們蒐集到的最新消息和建議，大家再開會商量一下，看要用什麼方法來處理這件棘手的事。」

「噢，啊，對喔，還有鼴鼠和老獾，」蟾蜍隨意說了幾句。「這兩位親愛的朋友，他們現在怎麼樣啦？我完全忘記他們的存在了。」

「虧你還記得問一聲！」河鼠語帶責備地說。「當你開著豪華汽車在田野間到處兜風、得意地騎著馬自在奔馳、享用豐盛美味的早餐時，那兩個可憐的朋友卻始終忠心耿耿，不管天氣如何，他們都露宿在野外，天天辛苦生活，夜夜睡不安穩，只爲了替你守著房子、巡邏地界，隨時隨地監視那些白鼬和黃鼠狼，絞盡腦汁籌劃該怎麼樣替你奪回財產。這麼眞誠忠實的朋友，你不配，眞的，蟾蜍，你不配。總有一天，你會後悔當初沒有好好珍惜他們這份友情，到時一切都來不及了！」

「我知道，我是個不知感恩的畜生。」蟾蜍嗚嗚啜泣，流下傷心的眼淚。「我要出去找他們，我要在這漆黑、寒冷的夜晚跟他們一起同甘共苦，我要證明——欸，等等，沒錯，我聽到叮叮噹噹的碗盤聲了！耶！晚餐來嘍！快來呀，河鼠！」

河鼠想到蟾蜍在監獄裡吃了好久的粗食，所以決定多體諒他一點，替他多準備了些飯菜。他跟著蟾蜍走到餐桌旁坐下，親切地勸他多吃一點，好好補償過去虧損的營養和體力。

他們才剛吃完晚餐，坐到扶手椅上休息，門口就傳來一陣重重的敲門聲。

蟾蜍很緊張，但河鼠卻一臉神祕地對他點點頭，走向門口，把門打開。獾先生從外面走了進來。

老獾看起來就像是個離家在外遊蕩好久、沒過過一天好日子的人。他的鞋子上沾滿泥巴、衣衫不整，身上的毛髮又蓬又亂。不過，即使是在最體面、最講究的時候，老獾也從來沒注重過外表，不會做什麼時髦打扮。他一臉嚴肅地走到蟾蜍面前，伸出爪子和他握手，然後說：「蟾蜍，歡迎回家！哎呀，我在說什麼啊？回家！是啊，可憐的蟾蜍，這次回家可真夠慘的喔！」話一說完，他就轉身坐到餐桌旁，把椅子往前挪了一下，切了一大塊冷冷的派餅。

這種極其嚴肅又帶點不祥預兆的歡迎方式，讓蟾蜍覺得非常不安，不過河鼠在他耳邊小聲地說：「沒關係，別放在心上。現在先暫時不要跟他講話。他肚子餓、急著要吃飯的時候總是這樣情緒低落、垂頭喪氣的。半個小時之後，他就會變成另外一個人了。」

於是他們默默地等著。過了不久，又傳來一陣比較輕的敲門聲。河鼠對蟾蜍點點頭，走去開門，然後和鼴鼠一起進來。鼴鼠也是衣衫襤褸、全身髒兮兮的，毛髮上還黏著一些稻草。

「萬歲！老蟾蜍回來啦！」鼴鼠臉上閃著開心的光芒，興奮地大喊。「沒想到你居然回來了！」他蹦蹦跳跳地繞著蟾蜍轉圈圈。「我們做夢也沒想到，你居然這麼快就回來了！你一定是想辦法逃出來的吧，你這個機靈聰明、足智多謀的蟾蜍！」

河鼠察覺情況不對，趕緊拉拉鼴鼠的手肘，可是已經太遲了。蟾蜍又開始挺胸鼓肚、自吹自擂起來。

「聰明？噢，不，沒這回事！」蟾蜍說。「按照我朋友的看法，我其實並不聰明，只不過是逃出全英格蘭最堅固、戒備最森嚴的監獄罷了！我只不過是搶了一列火車，坐上車逃走罷了！我只不過是喬裝了一下，在鄉間到處遊蕩，瞞過了所有人罷了！不！我一點也不聰明，我是個愚蠢的白痴！沒錯，就是這樣！鼴鼠，等你聽完我一、兩段小小的冒險經歷後，你再自己判斷吧！」

「好啊，」鼴鼠走向餐桌。「我一邊吃，一邊聽你說好嗎？我從吃完早餐到現在，還沒吃過任何東西呢！哇，好香喔！」他坐了下來，隨便拿了點冷牛肉和酸黃瓜吃。

蟾蜍叉開雙腿，站在壁爐前的地毯上，然後將爪子伸進褲子口袋裡，掏出一把銀幣。「你看！」他放聲大喊，對鼴鼠炫耀手裡的銀幣。「短短幾分鐘就得到這麼多，不賴吧？鼴鼠，你猜我是怎麼弄到這些錢的？賣馬！就是這樣！」

「蟾蜍，你繼續說。」鼴鼠對蟾蜍的故事很感興趣。

「蟾蜍，拜託你安靜點，別講了！」河鼠說。「鼴鼠，你也不要一直慫恿他啦，他的毛病你又不是不知道。既然現在蟾蜍回來了，還是請你趕快告訴我們目前的情況如何，我們又該怎麼辦才好。」

「目前的情況只有三個字——糟透了。」鼴鼠氣呼呼地說。「至於該怎麼辦，天曉得！老獾和我沒日沒夜地在那一帶繞來繞去、仔細偵察，情況始終一樣，到處都有哨兵看守，槍口對準我們，還向我們丟石頭。時時刻刻都有人盯著，一旦被他們發現呀——哎！聽聽他們的笑聲！那種笑法眞是氣死人了！」

「嗯，看樣子情況的確很不妙。」河鼠陷入沉思。「不過我想，在我內心深處已經知道蟾蜍該怎麼做了。我覺得啊，他應該——」

「不，他不應該！」鼴鼠嘴裡塞得鼓鼓的，大聲喊道。「不能那麼做！你不明白。他該做的就是，他應該要——」

「哼，我才不要呢！不管是什麼事，我都不做！」蟾蜍激動地大叫。「我才不聽你們這些人指揮呢！我們現在談的是我的房子，該做什麼我自己清楚得很。我告訴你們，我要——」

他們三個同時間一起扯開喉嚨大聲說話，嘰嘰喳喳的吵鬧聲震耳欲聾。就在這個時候，一個尖細冷淡的嗓音說：「你們全都給我安靜！」大家瞬間閉上嘴巴，屋子裡靜悄悄的，半點雜音都沒有。

是老獾。他剛吃完派餅，坐在椅子上轉過身來，嚴厲地瞪著他們三個。看到他們的注意力全都轉移到他身上，而且很明顯是在等他開口說話時，他卻再度轉過去，伸手拿餐桌上的乳酪來吃。這位可靠穩重、受人敬愛的老獾在動物界享有很高的威望，因此他們三個再也不敢吭聲，一直等他吃完乳酪，拍掉膝上的碎屑。沉不住氣的蟾蜍不停扭來扭去、坐立難安，河鼠只好用力把他按住，要他不要亂動。

老獾吃完後，從椅子上站起來，走到壁爐前方沉思了好一會兒。最後他終於開口了。

「蟾蜍！」他厲聲喝斥。「你這個愛惹麻煩的傢伙！難道你都不覺得丟臉嗎？你想想，要是你父親，也就是我那位老朋友今晚在這裡，知道你的一切所作所爲，他會怎麼說？」

聽到這些話，原本正蹺腿坐在沙發上的蟾蜍立刻翻身、捂著臉，懊悔地哭了起來，身體因爲抽抽搭搭地啜泣而不停顫抖。

「好了，好了！」老獾的語氣變得比較溫和一點了。「沒關係，別哭啦。過去的就讓它過去，重新開始吧。不過鼴鼠說的都是眞的。負責守衛的是白鼬，他們步步爲營，可說是世界上最優秀、最精良的哨兵。想正面進攻是絕對不可能的，他們太強了。」

「這麼說，一切都完啦，」蟾蜍哽咽著，把臉埋進沙發抱枕裡放聲痛哭。「我還是離開這個地方去當兵算了，再也看不到我親愛的蟾蜍莊園了！」

「好啦，小蟾，打起精神來！」老獾說。「我話還沒說完呢。要收復一個地方，除了大舉進攻之外，當然還有別的辦法。現在，我要告訴你們一個天大的祕密。」

蟾蜍慢慢地坐起來，擦乾眼淚。祕密對他而言有非常強大的吸引力，因為他從來守不住任何一個祕密。他每次都會誠心誠意地保證絕不洩密，然後再把祕密告訴別人。他最喜歡這種帶有褻瀆意味的刺激與興奮感了。

「有——一——條——地——下——通——道，」老獾一字一頓，刻意加重語氣強調。「從離我們這裡不遠的河岸，一直通到蟾蜍莊園正中央。」

「哎，老獾，亂講！沒這回事！」蟾蜍的精神來了，立刻得意地反駁。「你大概是聽酒館裡那些人胡扯閒聊聽太多了吧。蟾蜍莊園裡裡外外、每一寸地方，我都瞭若指掌。我敢保證，絕對沒有什麼地下通道！」

「小伙子，」老獾沉著臉，非常嚴肅地說，「你父親是一位德高望重的動物，他比我認識的其他人還要崇高、還要值得尊敬。他和我是至交。他曾告訴我許多他從來沒想過要讓你知道的事。他發現了那條通道。當然，不是他自己挖的，而是早在他搬到這裡幾百年前就存在的。他仔細地修整、打掃通道，他想，也許有朝一日遇到危難時能派上用場。他帶我去看過那條通道。他說：『別讓我兒子知道。他是個好孩子，只是個性反覆無常、太輕浮、不穩重，嘴巴也不緊。要是之後他真的遇到麻煩、而這條通道能派上用場的時候，你再把這個祕密告訴他。不到最後關頭，你可千萬別讓他知道啊。』」

河鼠和鼴鼠緊盯著蟾蜍，想看他會有什麼反應。蟾蜍一開始有點悶悶不樂，可是很快就恢復成平常開朗的模樣。他就是這樣善良、脾氣隨和的動物。

「好啦，好啦，」他說，「也許我是有點多嘴。像我人緣這麼好，朋友們老是圍在我身邊，大家一起開開玩笑、說說俏皮話、講講幽默的故事，有時我難免會說溜嘴嘛。我天生口才就很好，對交際應酬很有一套，還有人說我應該定期舉辦、主持沙龍——沙龍好像是藝術家、學者、名流一起聚會之類的吧——哎，算了，先不說那個了。老獾，你繼續說。你打算怎麼利用這條通道呢？」

「最近我查到一、兩件事。」老獾接著說。「我叫水獺假扮成打掃煙囪的清潔工，扛著掃把到蟾蜍莊園後門，問他們要不要掃煙囪。結果打聽到，他們明天晚上要舉行一個盛大的宴會，好像是要慶祝誰的生日——我想應該是黃鼠狼頭目的生日——到時所有黃鼠狼都會聚集在宴會廳裡吃吃喝喝、嬉笑玩樂，不會有什麼戒備，身上也不會帶槍、不會帶劍、不會帶棍子，什麼武裝都沒有！」

「但還是會有哨兵啊。」河鼠提醒說。

「沒錯，」老獾說，「這就是我要說的重點。黃鼠狼完全信任他們那群優秀的哨兵。所以那條通道就派上用場了。那條非常有用的地道正好直通宴會廳隔壁的餐具間！」

「啊哈！難怪餐具間裡有塊地板老是嘎吱嘎吱地響！」蟾蜍說。「現在我全明白了！」

「我們可以偷偷爬進餐具間——」鼴鼠喊道。

「帶著手槍、刀劍和棍棒——」河鼠嚷道。

「——衝進去撲到他們身上。」老獾說。

「——把他們痛打一頓、痛打一頓、痛打一頓！」蟾蜍放聲大叫，開心得不得了，繞著房間轉一圈又一圈，還在椅子上跳來跳去。

「很好，」老獾再次恢復一貫的淡漠態度。「我們的計畫就這麼定了，你們也不用再吵了。現在已經很晚了，你們都快點上床睡覺吧。明天早上，我們再來安排要做的事。」

當然啦，蟾蜍也乖乖跟著大家去睡覺（他知道拒絕也沒用，還是聽話比較好）。雖然他起初還以為自己會興奮到睡不著，不過，床單和毛毯都是非常可愛又撫慰人心的東西，而且他度過了一個漫長的白天、經歷了一大堆的事，更何況不久前，他還在陰暗潮濕、灌滿冷風的牢房裡，睡過石板地上的稻草堆。所以他的腦袋一沾到枕頭，過沒幾秒鐘，就發出幸福的鼾聲。當然啦，他做了很多很多夢，夢見他需要道路的時候，路卻躲著他跑走了；還夢見運河在追他，逮住了他；夢見當他開宴會的時候，一艘平底船載滿了他整整一星期要洗的髒衣服，開進宴會廳；又夢見他一個人孤零零地在祕密通道裡往前走，結果通道扭來扭去、不停旋轉搖晃，坐了起來。不過最後不知怎的，他還是平安順利地回到蟾蜍莊園，所有朋友都圍在他身邊，熱情洋溢地讚美他，說他的確是隻聰明絕頂的蟾蜍。

第二天早上，蟾蜍很晚才起床。他下樓的時候，發現其他人已經吃過早餐了。鼴鼠獨自一人溜了出去，也沒說要去哪裡；老獾坐在扶手椅上看報紙，似乎一點也不關心當天晚上的大事；可是河鼠就不同了，他在屋子裡東奔西跑、忙得團團轉，懷裡抱著各式各樣的武器，在地上分成四小堆。他一邊跑，一邊上氣不接下氣、興奮地說：「這把劍給河鼠，這把給鼴鼠，這把給蟾蜍，這把給老獾！這枝手槍給河鼠，這枝給鼴鼠，這枝給蟾蜍，這枝給老獾！」他就這樣一邊分配，一邊帶著節奏、很有規律地喃喃自語，地上那四小堆武器也越堆越高了。

「河鼠，你做得很好，」老獾抬起眼睛、越過報紙上緣，看著那隻忙碌的小動物。「我沒有要怪你的意思，不過，一旦我們繞過那些白鼬和他們手上討厭的槍，我敢保證，我們就用不著拿什麼劍啊槍啊之類的。進了宴會廳之後，我們四個，再加上四根棍子，五分鐘之內就能把他們全都掃地出門。其實我一個人就綽綽有餘了，不過我不想剝奪你們幾個小傢伙的樂趣！」

「保險一點總是好事。」河鼠若有所思地說。他用袖子擦亮其中一枝手槍的槍管，然後順著槍管仔細打量了一下。

這時，蟾蜍已經吃完早餐，他撿起一根粗硬的木棍，用力揮舞，痛打那些想像出來的敵人。「敢搶我的房子！」他大喊，「我要修理他們！我要修理他們！」

「蟾蜍，別說『修理他們』，」河鼠大吃一驚。「這個詞不太好。」

「你幹嘛老是挑蟾蜍的毛病？」老獾有點惱怒地說。「這個詞有什麼不好？我自己就常用啊。如果我能用，你應該也能用！」

「對不起，」河鼠謙虛地說，「我只是覺得，應該說『教訓』他們，而不是『修理』他們。」

「可是我們並沒有要『教訓』他們，」老獾回答，「我們就是要『修理』他們——揍、揍、揍——這種『修理』！而且是眞的要這麼做！」

「好好好，聽你的，你開心就好。」河鼠自己搞糊塗了。他縮到角落裡，嘴裡不停嘟囔著：「修理他們，教訓他們，教訓他們，修理他們！」直到老獾凶巴巴地叫他閉嘴，他才乖乖住口。

就在這個時候，鼴鼠跌跌撞撞地跑進屋子裡，顯然非常得意。「眞是太痛快了！」他說。「我把那些白鼬耍得團團轉！」

「希望你剛才沒有魯莽行事啊，鼬鼠！」河鼠擔心地問。

「我想應該沒有吧。」鼬鼠信心滿滿地說。「早上我去廚房，想看看蟾蜍的早餐是不是還熱著，結果突然想到一個主意。我看到火爐前的毛巾架上還掛著蟾蜍昨天回來時穿的那件衣服，就是洗衣婦的那件，於是便靈機一動，把衣服穿上、戴上帽子、披上披肩，大搖大擺一直走到蟾蜍莊園。當然啦，那些哨兵拿著槍守在門口，放聲大吼：『來者何人？』還有其他那些有的沒的。於是我就恭敬地說：『早安啊，先生！今天有衣服要洗嗎？』他們用非常傲慢又嚴厲的眼神瞪著我說：『滾開，洗衣婆！我們正在執勤，沒衣服給妳洗！』我說：『那別的時候呢？』哈哈哈！蟾蜍，你看，我是不是很幽默啊？」

「你這個可憐又輕浮的動物！」蟾蜍不屑地說，但其實他心裡很嫉妒鼬鼠剛才做的事。要是他能搶先一步想到這個點子，而且沒有睡過頭的話，他就會自己去耍那些白鼬了。

「有些白鼬氣得臉色都變了，」鼬鼠接著說，「那個值班的士官大聲嚷嚷：『馬上滾開，老太婆，滾！我手下的人值勤時不准聊天打混！』於是我說：『滾？只怕過沒多久，該滾的就不是我啦！』」

「哎呀，鼬鼠，你怎麼可以這麼說呢？」河鼠驚愕地說。

老獾放下手中的報紙。

「我看到他們豎起耳朵，互相使了個眼色。」鼴鼠繼續說。「士官對他們說：『不用理她，她根本不知道自己在說什麼。』我說：『啊，我不知道？好吧，我告訴你，我女兒就是幫獾先生洗衣服的，這下子你就明白我到底知不知道了吧！我不但知道，而且你們也很快就會知道的！今天晚上，會有一百隻殺人不眨眼的獾帶著步槍，從馴馬場那裡進攻蟾蜍莊園；另外，會有滿滿六船的河鼠帶著手槍和棍棒沿著大河過來，從花園登陸；同時還有一隊精心挑選、叫什麼敢死隊或自殺隊的蟾蜍，他們揚言要報仇雪恨、襲擊果園，見什麼拿什麼。等他們把你們解決得乾乾淨淨，到時你們就沒什麼衣服可洗啦，趁現在還有機會，快逃命吧！』話一說完，我就跑開了；跑到他們看不見我的時候，我就躲起來，然後沿著水溝爬回去，隔著樹籬偷瞄他們一眼。他們全都慌慌張張、四散奔逃，大家擠來擠去的跌成一團；每個人都在對別人發號施令，可是誰也不聽誰的。那名士官不斷派出一批批白鼬到遠處去，然後又派別的白鼬去把他們叫回來。我還聽見他們交頭接耳地說：『那些黃鼠狼就是這樣，他們自己待在宴會廳裡大吃大喝、又唱又跳、飲酒作樂，卻叫我們在又冷又黑的屋外替他們站崗，最後還得被那些殺人不眨眼的獾剁成肉醬！』」

「哎呀，鼴鼠，你這個白痴！」蟾蜍大叫。「整個計畫都被你搞砸了！」

「鼴鼠，」老獾用他那平靜淡漠的語調說，「我看哪，別的動物整個胖身體裡的聰明才智，還不比上你一根小指頭裡的智慧呢。你做得太好了，我開始對你懷有更大的期望了。鼴鼠，你眞聰明！做得好！」

蟾蜍嫉妒得快要發瘋了，尤其是因爲他完全搞不懂鼴鼠做的事到底聰明在哪裡。不過，幸好他還來不及對老獾的嘲諷發脾氣、對號入座，午餐的鈴聲就響了。

雖然這頓午餐很簡單，只有培根、扁豆和通心粉布丁，可是大家都吃得很滿足。吃完飯後，老獾坐在一張扶手椅上說：「好啦，我們今晚的行動已經計畫好了，等到一切結束，恐怕也已經是深夜了。所以，趁現在還有時間，我要小睡一下。」話一說完，他便用手帕蓋住臉，很快就鼾聲大作了。

性子急又勤勞的河鼠，立刻再次投入他的備戰工作。他一邊在那四小堆武器之間跑來跑去，一邊咕噥著：「這條皮帶給河鼠，這條給鼴鼠，這條給蟾蜍，這條給老獾！」他每增加一樣新的裝備，就要像這樣重複唸一遍；他要帶的配備多得不得了，好像永遠搬不完一樣。於是鼴鼠便挽著蟾蜍的手臂，把他帶到屋外、推上藤椅，要他把自己巴不得能好好大講特講的冒險經歷從頭到尾、一五一十地說給他聽。鼴鼠是個非常棒的聽衆，他不插嘴質疑對方的說法、也不做負面的批評，於是蟾蜍就自由自在、天花亂墜地聊起來。其實，他所講的大多是那種「要不是我及時想到，再過十分鐘，眞不知道會怎麼樣」的事。這類經歷往往是最刺激、最動人的冒險故事，那我們爲什麼不把它們和那些實際發生、但不太精采的瑣事一樣，變成我們的眞實經驗呢？

12 浪子回頭

夜幕逐漸低垂，河鼠帶著興奮又神祕的表情，把大家叫到客廳裡，讓他們各自站到屬於自己的一小堆武器前方，開始動手幫他們打點裝備，準備迎接即將來臨的交戰時刻。他非常認眞、一絲不苟，花了很多時間。首先，他在每個人腰間繫上一條皮帶，皮帶上插一把劍，接著又在另一側插一把彎刀，好保持平衡；然後，他發給大家每人兩枝手槍、一根警棍、幾副手銬、一些包紮用的繃帶和膠布，還有一個小水壺和三明治餐盒。老獾隨和地笑著說：「好啦，河鼠！你高興就好，我也沒什麼損失。不過我還是靠這根木棒就夠了。」

河鼠只說：「老獾，你就別笑我了！我這麼做只是希望你事後不要責怪我，說我忘了準備什麼東西！」

等到一切準備就緒，老獾便一手提著光線幽暗的燈籠，一手握著粗大的木棒說：「好，跟我來！鼴鼠打頭陣，因爲我對他很滿意。河鼠其次，蟾蜍殿後。聽著，小蟾！不准你像平常一樣嘰嘰喳喳、廢話連篇，要不然我就立刻叫你回去。我說話算話！」

蟾蜍很怕大夥兒丟下他，所以一句話也沒說，乖乖站到這個指派給他、不太重要的位置。於是，四隻動物便浩浩蕩蕩地出發了。老獾走在最前面，他帶著大家沿河流走了一小段路，接著他突然攀住河岸邊緣、往下一翻，盪進了一個嵌在河岸上、略微高出水面的洞。鼴鼠和河鼠看到老獾進入河洞，於是便跟在他後面，一聲不響地盪進洞裡。輪到蟾蜍的時候，他卻不小心滑倒、撲通一聲跌進水裡，同時發出驚恐的尖叫聲。他的朋友連忙把他拉上來，匆匆擦乾他的身體，擰擰濕衣服，安慰了幾句，扶他站起來。老獾氣炸了，他警告蟾蜍，要是他再笨手笨腳、拖累大家，他一定會丟下他不管。

就這樣，他們終於進入了那條祕密通道，突襲行動正式開始！

這條地道低矮狹窄、陰暗潮濕，而且非常寒冷。可憐的蟾蜍忍不住開始發抖，一部分是因爲不知道前方會有什麼可怕的事，另一部分是因爲他全身濕答答的。燈籠在前面很遠很遠的地方，他不得不在黑暗中胡亂摸索，結果落後了一點點。這時，他聽到河鼠警告說：「蟾蜍，快跟上！」於是他便拚命往前衝，不小心撞倒了河鼠，河鼠又撞倒了鼴鼠，鼴鼠又撞倒了老獾，四人頓時陷入一片混亂。老獾以爲他們遭到敵人從背後突襲，又因爲地道裡太狹窄，沒辦法耍刀耍棍，於是便拔出手槍，瞄準蟾蜍的方向，準備請他吃子彈。等到眞相大白後，他不禁勃然大怒，氣沖沖地說：「這次非要丟下這隻討厭的蟾蜍不可！」

蟾蜍嗚嗚咽咽地哭了起來，河鼠和鼴鼠又答應說，他們會負責看好蟾蜍、要他好好表現，不會再讓他惹事，老獾的氣才消，大家再度整好隊伍，繼續前進。不過，這次換成河鼠殿後，他走在最後面，緊緊抓住蟾蜍的肩膀。

他們在黑暗中摸索，沿著地道蹣跚前進，大家都豎起耳朵，把手按在手槍上，就這樣走了好一會兒。最後老獾終於開口說：「我們現在已經差不多走到蟾蜍莊園底下了。」

說時遲那時快，一陣微弱的嘈雜聲竄進他們耳朵裡，聽起來似乎非常遙遠，但很明顯是從他們頭頂上方傳來的，彷彿有許多人正在吶喊、歡呼、在地板上跺腳、用拳頭捶桌子。蟾蜍那神經質的恐懼再度襲上心頭，不過老獾卻只淡淡地說：「這群黃鼠狼，他們玩得正開心呢！」

這時，地道開始向上傾斜，他們摸索著走了一小段路，那陣嘈雜聲忽然再度出現，這次聲音很清晰，離他們非常近，就在頭頂上而已，除了「萬歲！萬歲！萬歲！」的歡呼聲之外，他們還聽見小腳跺地板的聲音，以及小拳頭捶桌子時，桌上杯盤發出的叮噹聲。「他們還眞開心呢！」老獾說。「快來呀！」他們加快腳步沿著地道前進，一直走到盡頭，發現他們正站在通往餐具室的那扇活板門下方。

宴會廳裡非常吵、鬧哄哄的，因此他們不用擔心說話聲會被聽見。老獾說：「來！弟兄們，大家一起用力！」他們四個同時用肩膀把活板門頂開，然後一個接一個地把對方推上去、爬出地道，進入餐具間。現在，他們和宴會廳中間只隔著一道門，那些敵人正在狂歡作樂、大吃大喝，絲毫沒有察覺到他們的存在。

他們剛從地道爬出來的時候，宴會廳裡的喧鬧聲簡直震耳欲聾。過了不久，歡呼聲和敲擊聲逐漸變小，可以聽到一個聲音說：「好啦，我不想占用你們的時間——」（熱烈的掌聲）「不過，在我回到座位之前——」（又是一陣歡呼）「我想再談談我們好心的主人蟾蜍先生。我們大家都認識蟾蜍——」（哄堂大笑）「善良的蟾蜍，謙虛的蟾蜍，最誠實的蟾蜍！」（非常高興的尖叫聲）

「我非過去揍他不可！」蟾蜍壓低聲音，咬牙切齒地說。

「再等一下！」老獾好不容易才攔住蟾蜍。「大家準備好！」

「我來爲大家獻唱一首歌，」那聲音又說，「這首歌是我特地爲蟾蜍編的。」（掌聲持續了非常久）

接著，黃鼠狼頭目（說話的就是他）開始用尖銳高亢的嗓音唱了起來：

蟾蜍去尋樂，
開開心心上了街——

老獾挺直了身子，雙手緊握住木棒，匆匆瞥了戰友們一眼，接著放聲大喊：「時候到了，跟我來！」

他猛地把門踢開。

好啊！

屋子裡充滿吱吱喳喳、又長又高亢的吶喊和尖叫，好不熱鬧！

嚇得驚慌失措的黃鼠狼紛紛鑽到桌子底下，沒命似的跳上窗戶！白鼬們橫衝直撞，瘋狂地直奔壁爐、鑽進煙囪，結果絕望地卡在煙囪裡動彈不得！桌子和椅子全都東倒西歪，杯盤和瓷器全都摔得粉碎。力大無窮的老獾，鬍子都豎起來了，手裡的木棒在空中呼嘯而過，不停揮舞；臉色陰沉嚴峻的鼴鼠甩著木棍，惡狠狠地吼著他那令人膽寒的戰鬥口號：「殺呀！殺呀！」河鼠腰間塞滿了各式各樣、來自各種年代的武器，堅決果敢的他彷彿豁出去了，奮不顧身地投入戰鬥。至於蟾蜍呢，他興奮得發狂，再加上由於自尊心受傷，他的身體脹得比平常大一倍；他跳到半空中，發出蟾蜍式的哇哇怪叫，嚇得敵人不寒而慄、毛骨悚然。「蟾蜍去尋樂！」他放聲大吼。「我來尋樂啦！」他飛也似的狂奔，直撲向黃鼠狼頭目。其實他們才四個人而已，可是對那些嚇到魂不附體的黃鼠狼來說，整個大廳裡似乎到處都是可怕的龐然大物，灰的、黑的、棕的、黃的，個個怒吼狂叫，揮舞著粗壯巨大的棍棒。他們一邊發出恐懼不安的尖叫，一邊跳出窗子、竄上煙囪，往四面八方瘋狂奔逃，不管逃到什麼地方，只要能躲開那些可怕的棍棒就好。

這場戰鬥很快就結束了。這四個朋友在大廳裡來來回回、不斷搜索，只要看到一個腦袋露出來，就衝上去敲他一棒。不到五分鐘，整個大廳就變得空蕩蕩的。驚恐萬狀的黃鼠狼越過草地、四處逃竄時所發出的吱吱尖叫，透過破碎的窗子，隱隱飄進他們耳裡。地板上趴著十幾個跑不動的敵人，鼴鼠正忙著替他們戴上手銬。老獾累得要命，他一邊靠在木棒上休息，一邊擦擦額頭上的汗。

「鼴鼠，」他說，「你是最能幹的！請你抄近路出去，順便照顧照顧那些白鼬哨兵，看看他們都在做什麼。多虧了你，我想他們今晚不會來找麻煩了。」

鼴鼠立刻鑽出窗戶，一轉眼就不見了。老獾叫河鼠和蟾蜍把桌子扶起來，然後從滿布殘骸的地板上撿出幾副刀叉杯盤，又叫他們看看能不能找到一些食物當晚餐。「我需要吃點什麼，眞的，」他用自己平常常用的普通語氣說，「蟾蜍，起來動一動，打起精神來！我們幫你把房子奪回來了，可是你連個三明治也不請我們吃啊。」蟾蜍心裡有點受傷，因爲老獾並沒有像稱讚鼴鼠那樣稱讚他，既沒有說他很能幹，也沒有誇他戰鬥的模樣很英勇，畢竟他對自己的表現很得意，特別是他直撲黃鼠狼頭目，一棍子就把他打飛到桌子另一邊了。不過，他還是順從地跟河鼠一起去找食物。過沒多久，他們就找到了一些盛在玻璃盤的番石榴果醬、一隻冷掉的雞、一條幾乎還沒有動過的牛舌、一些葡萄酒蛋糕，還有一大盤龍蝦沙拉；另外在餐具間裡，他們還找到一籃法式麵包捲、一些乳酪、奶油和芹菜。他們才正要坐下來大吃一頓，就看見鼴鼠抱著一堆步槍，一邊咯咯輕笑，一邊從窗口爬進來。

「沒事了，」他向大家報告。「根據我的推測來看，那些白鼬早就緊張兮兮、疑神疑鬼，所以，一聽到大廳裡的呼喊、尖叫和騷動，有些白鼬就丟下步槍，逃之夭夭；剩下的白鼬則堅守了一會兒，可是當黃鼠狼朝他們衝過來的時候，他們以爲自己被出賣了，於是就抓住黃鼠狼不放，黃鼠狼拚命想掙脫逃跑，雙方互相扭打，用拳頭狠揍對方，在地上滾來滾去，有好多都滾到了河裡！現在他們不是逃跑、就是掉進河裡，反正全都消失了，我也把他們的步槍都拿回來了。所以現在沒事啦！」

「做得好，值得嘉獎！」老獾嘴裡塞滿了雞肉和葡萄酒蛋糕，含糊不清地說。「現在，在你坐下來跟我們一起吃晚餐之前，鼴鼠，我還有一件事要拜託你。我眞的不想再麻煩你，但是你辦事，我放心。眞希望我能對我認識的每個人都這麼說。如果河鼠不是詩人，我就叫他去了。我要你把這些躺在地板上的傢伙帶到樓上，叫他們整理幾間臥室、打掃乾淨，而且一定要掃床底下，換上乾淨的床單和枕頭套，再掀開被子一角，我想你應該知道怎麼做，照你知道的那樣做就行了。另外，每間臥房裡要準備一桶熱水、幾條乾淨的毛巾，還有幾塊新肥皀。要是你覺得不滿意，可以請他們吃一頓棍子，再把他們從後門趕出去。我想我們以後再也不會見到他們了。事情辦完之後，你就下來跟我們一起吃晚餐，嚐嚐冷牛舌，這可是上等的美味呢。謝謝你，鼴鼠，我對你的表現非常滿意！」

個性溫和的鼴鼠拿起一根棍子，叫他的俘虜排成一排，對他們喊了一聲口令：「快步——走！」然後就把他的小隊帶上樓了。過了不久，他又走下樓，微笑著說，每間臥房都整理好了，打掃得乾乾淨淨，就像新的一樣。「我沒有請他們吃棍子，」他補充說明。「總體來說，我覺得他們今晚吃的棍子已經夠多了。我跟這幾隻黃鼠狼把話說清楚，他們也同意我的觀點，說以後再也不會騷擾我們了。他們很後悔，對過去的所作所爲感到很抱歉，但一切都是黃鼠狼頭目和白鼬的錯。以後如果我們有什麼事情是他們可以效勞的話，只要說一聲，他們就會幫我們，作爲這次的補償。所以，我給了他們每人一個麵包捲，放他們從後門出去，他們就飛也似的跑啦。」

鼴鼠說完，就把椅子拉到餐桌旁邊，開始埋頭大啖冷牛舌。蟾蜍保持他的紳士風度，把滿肚子的嫉妒丟到一邊，誠心誠意地說：「親愛的鼴鼠，眞的很謝謝你，謝謝你今天晚上為我吃了這麼多苦，尤其是你今天早上所展現出的聰明機智，我眞的萬分感激！」老獾聽了高興地說：「勇敢的蟾蜍，說得眞好！」於是，他們滿懷喜悅、心滿意足地吃完晚餐，隨後立刻上樓，鑽進乾淨的被窩裡好好睡一覺。他們安安穩穩地睡在蟾蜍祖傳的房子裡，而這棟房子是他們以無比的勇氣、高超的戰術和巧妙的棍法努力奪回來的。

第二天早上，蟾蜍又像平常一樣睡過頭，他下樓吃早餐的時間簡直晚得不像話。他看到桌上只剩下一堆空蛋殼、幾片硬硬的冷麵包，還有一個已經空了四分之三的咖啡壺，除此之外就沒有其他東西了。他有點生氣，因爲不管怎麼說，這裡還是他家呀！他透過餐廳的法式長窗往外看，發現鼴鼠和河鼠正坐在草坪裡的藤椅上，顯然是在講故事，他們說說笑笑、聊得好開心，兩雙小短腿在空中亂踢亂蹬。老獾則坐在扶手椅上，專心地看早報，蟾蜍走進來的時候，他只瞥了蟾蜍一眼，點一下頭。蟾蜍知道老獾的脾氣，所以只好默默坐下來，盡量幫自己做一頓還算可以的早餐，同時暗自心想，遲早一定要好好跟他們算帳。就在他快要吃完的時候，老獾抬起頭來簡短地說：「對不起，蟾蜍，不過你今天上午恐怕會有很多事情要做。你看，我們應該馬上舉辦一場盛大的宴會，好好慶祝一下。這件事必須由你負責——事實上，這也是規矩。」

「喔，好吧！」蟾蜍爽快地答應。「悉聽尊便。只是我不懂，為什麼宴會一定要在上午舉行。不過你也知道，我這個人活著不是為了取悅自己，而只是為了了解朋友的需要，然後盡力去滿足他們，我親愛的老獾大哥！」

「別裝傻了，」老獾生氣地說，「而且說話的時候不要偷笑，也不要把咖啡潑得到處都是，這樣很沒禮貌。我的意思是說，宴會當然是要在晚上舉行，可是請帖得馬上寫好發出去，而且要由你親自來寫。你現在就坐到那張書桌前，桌上有一疊信紙，上面印有藍金二色的『蟾蜍莊園』四個字。我們所有朋友都要有邀請函，要是你不停地寫，應該在午餐前就能寫好發出去了。我會幫忙，替你分擔一部分工作。另外，宴會的酒席交給我來訂。」

「什麼！」蟾蜍苦著一張臉大叫。「這麼美好的早晨，居然要我關在屋子裡寫一大堆爛請帖！我想在我的莊園裡走走，安排一下所有人事物，大搖大擺地到處亂晃，好好享受一下！不，我才不寫！我要……我要……等等，噢，我當然要寫啦，親愛的老獾！比起別人的需要，我自己的快樂或方便又算得了什麼呢！既然你要我這麼做，那我就照辦。你去籌備宴會吧，老獾，愛訂什麼就訂什麼，然後再到戶外加入我們那兩位年輕朋友、一起說說笑笑，你就別管我的辛苦和忙碌了，忘了我的存在吧！爲了神聖的職責和友誼，我決定要犧牲這個美好的早晨！」

老獾一臉狐疑地看著蟾蜍，可是從蟾蜍那直率坦誠的表情來看，實在很難想到這種突然轉變態度的背後，會有什麼不良的動機。於是他離開餐廳，往廚房走去。門一關上，蟾蜍就急忙奔向書桌。他一定要寫邀請函，而且一定要提到他在那場戰鬥中的領導地位，提到他是怎麼把黃鼠狼頭目打得滿地找牙；除此之外，他還要稍微提到他的冒險之旅，以及那戰無不勝的偉大經歷。仔細想想，可以說的還眞多呢！另外，在請帖的空白頁上，他還要列出晚宴的餘興節目。他在腦子裡打著草稿：

•演講……………主講者／蟾蜍

（晚宴期間，蟾蜍先生還會發表更多演説）

•致詞……………致詞者／蟾蜍

（大綱：一、我們的監獄制度。二、古老的英格蘭水道。三、馬匹交易及其方法。四、財產、產權與義務。五、回家。六、典型的英國紳士。）

• 歌曲…………演唱者／蟾蜍
（演唱者本人作詞作曲）
• 其他歌曲…………作曲者／蟾蜍
（將在晚宴期間由詞曲作者本人演唱）

這個想法讓他高興得不得了，於是他非常努力寫請帖。到了中午，所有請帖都寫完了。這時，有人通報說，門口來了一隻身材瘦小、全身髒兮兮的黃鼠狼，怯生生地問他能不能爲先生們效勞。蟾蜍大搖大擺地走出去一看，原來是昨天晚上被俘虜的其中一隻黃鼠狼，現在正畢恭畢敬地巴結他，想討他歡心呢。蟾蜍拍了拍他頭，把那一大疊邀請函塞在他爪子裡，吩咐他抄近路，趕快把請帖送出去，能跑多快就跑多快。要是他晚上願意再來，說不定還會給他一先令賞金，又或是沒有錢可以領。可憐的黃鼠狼受寵若驚，看起來十分感激的樣子，急忙跑去執行任務了。

另外三隻動物在河邊消磨了一上午，一行人吵吵鬧鬧、開開心心地回來吃午餐。鼴鼠覺得有點對不起蟾蜍，擔心地看著他，怕他不是悶悶不樂、就是垂頭喪氣。沒想到，蟾蜍卻一副盛氣凌人、趾高氣揚的樣子。鼴鼠不禁納悶、開始起了疑心，同時河鼠和老獾也互相交換了一下眼色。

吃完午餐後，蟾蜍就把兩隻前爪深深插進褲子口袋裡，漫不經心地說：「好啦，朋友們，你們自己照顧自己啊，需要什麼儘管吩咐！」話一說完，他就大搖大擺往花園走去。他要在那裡好好構思一下今晚的演說內容，想出一、兩個題目來。就在這個時候，河鼠抓住了他的手臂。

蟾蜍立刻猜到河鼠要幹嘛了，於是拚命掙扎著想離開，可是當老獾緊緊抓住他另一隻手臂時，他才明白，事情曝光了。這兩隻動物架著他，走進那間通往門廳的小吸菸室，關上門，把他硬壓到椅子上坐下，然後站在他面前。蟾蜍則默默地坐在那裡，心懷鬼胎、沒好氣地望著他們。

「蟾蜍，你聽著，」河鼠說，「我們要跟你談談有關宴會的事。很抱歉，我不得不用這種口氣跟你說話。不過，我們希望你能徹徹底底明白一次、搞清楚狀況，今天晚上不准有什麼演講，也不准有什麼歌唱表演。我們不是來跟你討論的，只是單純通知你這個決定而已。」

蟾蜍知道，自己這下子沒轍了。他們不但很了解他、看透了他，而且還搶先他一步。他的美夢破滅了。

「我能不能只唱一首小曲子就好？」他可憐兮兮地哀求道。

「不行，一首小曲子也不行！」雖然河鼠看到蟾蜍失望到嘴唇不斷發抖，心都碎了，但他還是非常堅持。「小蟾，沒用的，你很清楚，你的歌全是自吹自擂、滿嘴謊言，你的演講也都是自我炫耀，而且——而且——唉，全都噁心又誇張，還有——還有——」

「放屁！」老獾像平常一樣插嘴說。

「這是爲你好呀，小蟾。」河鼠繼續說。「你知道，你遲早都得洗心革面，現在正是重新開始的大好時機，是你一生的轉捩點。說眞的，跟你講這些話，我心裡承受的痛也不比你少。」

蟾蜍沉思了好一會兒。最後他抬起頭，從他臉上的表情可以看得出來，他內心的情緒波濤洶湧、非常激動。「我的朋友，你們贏了。」他斷斷續續地說。「其實我的要求很小很小，只不過是再給我一個晚上盡情表現、好好發揮，讓我自在地享受一下，聽聽大家熱烈的掌聲。不知怎的，我總覺得那些掌聲似乎能引出我最好的個性和品德。不過，我知道，你們是對的，而我錯了。從今以後，我一定要重新做人。朋友們，你們再也不會因爲我而羞愧臉紅了。但是……唉，天哪！做人真難！這個世界好無情啊！」

蟾蜍用手帕摀住臉，踉踉蹌蹌地走出房間。

「老獾，」河鼠說，「我覺得我好像太殘忍了。你覺得呢？」

「哎，我懂，我懂，」老獾難過地說，「可是我們非這麼做不可。這位好好先生必須在這兒住下去，好好照顧自己、安身立命、受人尊敬才行。難道你想看他成爲大家的笑柄，被白鼬和黃鼠狼嘲笑挖苦嗎？」

「當然不想。」河鼠說。「說到黃鼠狼，我覺得我們運氣眞好，居然碰巧遇到那隻幫蟾蜍送邀請函的小黃鼠狼。我從你說的話裡猜到，蟾蜍一定又在搞什麼花樣，於是便抽查了一、兩封請帖。果然，上面寫的全是些丟臉的事。我把邀請函全沒收了，好心的鼴鼠正坐在臥室裡用簡單明瞭的語句替他重寫請帖呢。」

宴會的時間快到了。蟾蜍離開他的朋友們，獨自回到臥房裡，坐在那兒悶悶不樂地沉思。他用爪子撐住額頭，不停地想，想了好久好久。漸漸地，他的臉開始閃著開朗的光芒，嘴角慢慢浮現出笑意，接著忸怩不安、害羞地咯咯笑了起來。最後他站起來，鎖上房門，拉上窗簾，把房間裡所有椅子排成一個半圓形，自己站在正前方，小小的身子脹得鼓鼓的。然後，他鞠了個躬、咳了兩聲，放開嗓子，對著想像中那些興高采烈的觀眾唱了起來。

蟾蜍的最後一首小曲

蟾蜍回——來——啦！
客廳裡，驚慌萬狀，
門廳裡，哀號遍地，
牛棚裡，哭聲不絕，
馬廄裡，尖叫連天。
蟾蜍回——來——啦！

蟾蜍回——來——啦！
打破窗户，衝進大門，
黃鼠狼慘遭追擊，
一個個暈倒在地。
蟾蜍回——來——啦！

鼓聲響響！
號角齊鳴，士兵歡呼，
炮彈横飛，汽車叭叭，
啊，我們的英雄回——來——啦！

萬歲！萬歲！
人人高聲歡呼，
向值得尊崇的動物致敬，
因爲這是蟾蜍的大——日——子！

蟾蜍歌聲嘹亮，唱得熱情洋溢、情感充沛。一遍唱完，又從頭唱了一遍。然後，他深深地嘆了口氣，很長、很長、很長的一口氣。

他拿起梳子，沾了一下水瓶裡的水，將頭髮從中間往兩旁分開，梳得直直的，看起來又亮又滑，緊貼在臉頰兩邊。他打開門，靜靜地走下樓迎接賓客。他知道，此時他們一定都聚集在客廳裡了。

所有動物一看到蟾蜍進來，都對他大聲歡呼、蜂擁而上，圍在他身邊祝賀他，說很多好聽的話，讚美他的勇氣、聰明和戰鬥精神。蟾蜍只是淡淡地微笑，輕聲說：「那沒什麼！」或者有時會換個說法：「哪裡，正好相反！」水獺站在壁爐前的地毯上，身邊圍了一圈對他充滿敬慕之情的朋友；當他正在對朋友說，要是他當時在場、會怎麼做的時候，他突然大叫一聲跑過來，張開雙臂，摟住了蟾蜍的脖子，想要拉著他在屋裡做一次英雄式的勝利遊行。可是蟾蜍卻以溫和的態度表達不屑，掙脫了水獺的雙臂，婉轉地說：「老獾才是整個計畫的主腦，鼴鼠和河鼠則是戰鬥的主力，而我只不過是在隊伍裡負責支援罷了，幾乎沒有做什麼事。」蟾蜍這種出人意外的表現，讓動物們大吃一驚、非常不解，搞不清楚到底發生了什麼事。當蟾蜍一一走到客人面前打招呼、謙虛地答禮時，他覺得自己變成眾所矚目的焦點。

老獾訂了最高檔的酒席，把一切安排得盡善盡美，所以這場晚宴辦得非常成功。動物們盡情談笑、互相打趣；但是整個晚上，坐在主人位置上的蟾蜍卻始終雙眼低垂，盯著自己的鼻子，輕聲對左右兩邊的動物說些無關痛癢的客套話。他偶爾會偷瞄河鼠和老獾一眼，每次都看到他們倆張大嘴巴、面面相覷，讓蟾蜍心裡有種極大的滿足與說不出來的痛快。隨著夜色漸深，有些年輕活潑的動物就開始交頭接耳，說這次的晚宴不像過去那麼好玩。有些人敲著桌子大喊：「蟾蜍，講話呀！蟾蜍，給我們來段演講吧！唱歌！蟾蜍先生，唱首歌好了！」但蟾蜍只是輕輕地搖搖頭，舉起爪子溫和地表示反對，並用體貼的態度努力勸客人多吃點美食，和他們閒話家常，關心地問候他們家裡那些未成年、不能參加社交活動的成員，同時設法讓大家知道，這場晚宴是嚴格遵照傳統方式舉行、非常正式的宴會。

蟾蜍眞的變了！

這場激動人心的高潮過去後，四隻動物繼續過著幸福快樂的生活，這種生活曾一度被內戰打斷，但之後就再也沒有受到任何動亂或入侵的干擾。蟾蜍和朋友們商量之後，選了一條漂亮的金項鍊，再搭配一個鑲有珍珠的小匣子，外加一封連老獾也承認是非常謙虛、非常誠懇的感謝信，託人送給老獄卒的女兒；那位火車司機也因爲他付出的辛勞和遭遇到的風險，得到了適當的酬謝。在老獾的嚴厲敦促下，就連那位船婦也得到了應有的補償。儘管蟾蜍對此暴跳如雷，非常堅持地說是命運之神派他去懲罰那個手臂上長斑的胖女人，因爲她面對一位眞正的紳士，卻有眼不識泰山。他們費了好大的力氣才找到她，適當地賠償她的馬錢。老實說，酬謝和賠償的總額也不算太高。據當地的財產評估員來看，那位吉普賽人當初所估的價錢還算正確，蟾蜍並沒有少給多少。

有時在漫長的夏季傍晚，這群好朋友會一起去野森林裡散步。在他們看來，野森林現在已經被馴化成一片和平的森林了。他們很高興，森林裡的居民看到他們，都會充滿敬意地打招呼。黃鼠狼媽媽也會把孩子抱到洞口，指著他們說：「寶寶，快看！那就是偉大的蟾蜍先生！走在他旁邊是非常厲害、勇敢無畏的河鼠戰士。那邊那一位就是你們常聽爸爸說的，鼎鼎大名的鼹鼠先生！」不過，要是寶寶耍脾氣、不聽話，媽媽就會嚇唬他們說，如果不乖的話，可怕的大灰獾就會來把他們抓走。事實上，這對老獾來說是天大的誣衊，因爲他雖然不喜歡社交、不太關心別人的事，但他卻非常喜歡孩子。不過，媽媽們用這一招來哄孩子非常有效，從來沒有失敗過。

作者簡介

誰是肯尼斯・格雷姆？

肯尼斯・格雷姆，一八五九年三月八日出生於蘇格蘭愛丁堡。他從小由祖母撫養長大。他是個天資聰穎的學生，在校時曾擔任橄欖球校隊隊長。畢業後，格雷姆進入銀行工作，雖然他個人並不喜歡這份職業，但在銀行工作的這段期間，開啓了他寫作的契機。他很快就搖身一變，成爲非常成功的作家。

《柳林中的風聲》以格雷姆替兒子阿拉斯泰爾（綽號「老鼠」）打造的床邊故事，以及他所書寫的信件爲藍本。一位鄰居說服格雷姆，說他應該要把這些故事寫成書；然而當他將這些片段集結成冊時，卻四處碰壁，最後只有一家出版社接受他的書稿。直到美國前總統羅斯福公開表示自己非常喜愛《柳林中的風聲》，讀者們才開始注意到這本書。自此之後，

《柳林中的風聲》成為大受歡迎的暢銷小說，甚至在《小熊維尼》系列作者艾倫·亞歷山大·米爾恩（A. A. Milne）的協助下，改編成精采生動的劇本。一九〇八年，《柳林中的風聲》正式出版，肯尼斯·格雷姆便從銀行界退休，成為專職作家。

愛經典 011

柳林中的風聲【珍藏獨家夜光版】
The Wind in the Willows

作　者	肯尼斯·格雷姆Kenneth Grahame
譯　者	郭庭瑄
出版者	愛米粒出版有限公司
地　址	台北市10445中山北路二段26巷2號2樓
編輯部專線	（02）25622159
傳　真	（02）25818761

如果您對本書或本出版公司有任何意見，歡迎來電

總編輯	莊靜君
印　刷	上好印刷股份有限公司
電　話	（04）23150280
初　版	二〇一九年（民108）三月十日
定　價	220元
總經銷	知己圖書股份有限公司　郵政劃撥：15060393
	（台北公司）台北市106辛亥路一段30號9樓
	電話：（02）23672044／23672047
	傳真：（02）23635741
	（台中公司）台中市407工業30路1號
	電話：（04）23595819
	傳真：（04）23595493
法律顧問	陳思成
國際書碼	978-986-97203-2-8　CIP：873.59/108001965

愛米粒出版
Emily

- 書名：柳林中的風聲【珍藏獨家夜光版】
- 您想給這本書幾顆星? ☆ ☆ ☆ ☆ ☆
- 這本書是在哪裡買的?

____

- 是如何知道或發現這本書的?

____

- 會被這本書給吸引的原因?

____

- 對這本書有什麼感想?想對作者或愛米粒說什麼話?

____

____

____

- 姓名：______________ □男 □女　出生年月日：______________
- 職業/學校名稱：______________________________
- 地址：______________________________
- E-mail：______________________________

購書優惠券將mail至您的電子信箱（請以正楷填寫，未填寫完整者，恕無法贈送。）